앤디 워홀
이야기

과거와 현재와
미래를 연결시키는
지식 창고

책과 함께 있다면 그곳이 어디이든 서재입니다.
집에서든, 지하철에서든, 카페에서든 좋은 책 한 권이 있다면 독자는 자신만의 서재를
꾸려서 지식의 탐험을 떠날 수 있습니다. 좋은 책이란, 시대와 세대를 초월해 지식과 감
동을 대물림하고, 다양한 연령들의 소통을 가능케 하는 힘이 있습니다. 움직이는 서재
는 공간의 한계, 시간의 장벽을 넘어선 독서 탐험의 동반자가 되겠습니다.

ANDY WARHOL by Arthur Danto

06
청소년
롤모델
시리즈

앤디 워홀
이야기

예술과 비즈니스의 경계를 허문
창조적 인재의 롤모델

아서 단토 지음
박선령 옮김 | 이혜경 엮음

움직이는
서재

20세기를 살다 간 워홀은
21세기가 원하는
창조적 인재의 원형이었다

모든 평범한 것을 예술로 만든 사람

앤디 워홀의 이름을 모르는 사람은 거의 없습니다. 구글이나 블로그 등 인터넷 상에서뿐만 아니라 다양한 언론방송매체를 통해서 그의 이름을 많이 듣고 있습니다. 앤디 워홀의 작품 역시 우리에게 익숙합니다. 교과서에도 나오고, 그의 그림을 프린트한 티셔츠를 입기도 합니다.

　얼마 전 거리에서 한 청년이 앞면에는 워홀의 이름이 쓰여 있고 뒷면에는 워홀의 바나나 그림이 새겨진 티셔츠를 입고 있는 것을 보았습니다. 그만큼 그의 그림은 알게 모르게 우리와 가까운 거리에 있습니다.

그런데 희한하게도 그의 이름은 많이 알려져 있는 데 비해 그가 왜 그토록 유명한지 아는 사람은 별로 없습니다. 그의 그림을 보면서 그런 의문이 더 커지기도 합니다. 왜냐하면 그의 그림들은 일반적으로 '예술'이라고 얘기되는 명화들과는 사뭇 다른 분위기의 그림들이니까요. 앤디 워홀의 작품은 다수 사람들의 머릿속에 정해져 있는 예술의 이름값과는 어울리지 않는 그림들이 많습니다.

몇 년에 한번씩 우리나라에도 앤디 워홀의 작품들이 찾아옵니다. 그리고 많은 사람들이 찾아가 그의 그림을 감상하지요. 연극을 공부하고 있고 각종 문화, 예술에 관심이 많은 제 딸도 전시회에 다녀와서는 이렇게 말했습니다.

"엄마, 학생들이 참 많이 왔더라. 그림이 쉬워서 좋긴 한데, 난 그 사람 작품들이 왜 그렇게 가치 있는지 잘 모르겠어. 마이클 잭슨 초상화가 100만 달러가 넘는 가격에 경매되었다는 기사를 읽은 적도 있는데, 그의 그림을 사람들이 왜 좋아하는 걸까? 우리가 알고 있던 명작들과는 많이 다르잖아. 하긴 신선하고 재미는 있더라."

앤디 워홀을 왜 '팝아트pop art'의 제왕으로 부르는지, 그의 작품들이 왜 그렇게 고가에 팔리고 있는지(물론 고가에 거래된다고 해서 예술적 가치가 그만큼 높아지는 것만은 아니지만)에 대한 대답은 바로 이런 질문에서 시작되어야 한다고 생각합니다.

'앤디 워홀의 작품들은 대다수 사람들이 생각하는 예술이나 명화와는 다르다. 그것이 지니는 의미가 무엇일까?'

워홀은 자신이 살고 있는 시대의 사람들이 회화라고 인정하던 그림을 그리지 않았습니다. 소재 선별에서부터 작품 제작 과정까지 그는 완전히 다른 것을 그렸습니다. 그렇다고 그가 아주 특별하고 대단한 것을 추구한 건 아니었습니다. 그가 목표로 하고 추구한 것은 '새로움'이었습니다. 그 과정에서 그는 예술에 대한 고정관념을 과감하게 깨트렸습니다.

그가 남긴 어록 중에 "나는 평범한 것들을 좋아한다."는 말이 있습니다. 그가 거장으로 불려지고 사람들로부터 사랑을 받는 이유는 바로 그 모든 평범한 것들을 예술로 만들었기 때문일 것입니다. 그의 손을 거치면 아주 흔해빠진 것도 예술이 되었으니까요. 누구나 마시는 코카콜라가 예술 작품이 될 수 있게 만든 앤디 워홀. 그로 인해서 예술의 영역은 확장되었고, 예술을 향유하는 사람들 역시 다양해졌습니다.

21세기가 원하는 창조적 인재의 롤모델

워홀에 대해서 '돈을 많이 벌기 위해 상업예술가로 살았던 사람'으로 알고 있는 사람도 많습니다. 그러나 정확히 말하면 그는 순수예술가이자 상업예술가였으며, 좀 더 정확히 표현하면 순수예술과 상업예술의 담벼락을 와락, 허물어버린 사람입니다.

그가 순수예술을 했느냐 상업예술을 했느냐는 사실 중요

하지 않습니다. 우리가 기억해야 할 가장 중요한 것은, 그가 1928년에 태어나 1987년까지 20세기의 시간대를 살다 갔지만 그의 모든 것은 21세기적이었다는 사실입니다.

앤디 워홀이 "예술은 당신이 벗어날 수 있는 다른 세상이다."라는 어록을 남겼지만, 그를 단지 예술가라는 이름으로 묶어두고 멀찌감치 바라보기엔 뭔가 허전합니다. 왜냐하면 그는 21세기가 가장 원하는 인재형이기 때문이지요. 경제학자들과 이공계 교수들이 자주 말하는 'T자형 인재'와 'A자형 인재'가 잘 결합된 모습을 앤디 워홀에게서 볼 수 있습니다.

T자형 인재는 다양성을 갖춘 인재를 말하며, A자형 인재는 거기서 한 걸음 더 나아갑니다. A자형 인재는 전공 분야에 대한 깊은 지식, 다양한 분야에 대한 넓은 상식, 커뮤니케이션 능력을 조화롭게 골고루 갖춘 인재를 말합니다.

21세기를 움직이는 가장 핵심적인 가치가 '다양성'과 '컨버전스convergence'(여러 기술이나 성능이 하나로 융합되거나 합쳐지는 일)라면, 워홀의 세계는 그 두 가지가 온전히 살아 움직이

앤디 워홀 이야기

는 세계라고 할 수 있지요.

그는 혼자 작업을 하는 다른 예술가들과는 완전히 차별화된 세계를 가지고 있었습니다. 그리고 그 중심에 '팩토리'(공장)라 이름 붙인 작업실이 있습니다. 예술과 일상의 경계를 허물어버리고 싶었던 워홀은 팩토리를 통해 그림뿐만 아니라 영화와 비디오 작업 등 다양한 작품들을 생산해내면서 스스로를 '예술공장 공장장'으로 불렀지요. 그러면서 혼자 머리를 쥐어뜯으며 생산해낸 창작물만 예술로 평가하던 시대의 통념을 순식간에 비틀어버렸습니다.

예술과 창조에 대한 새로운 패러다임을 만들어낸 팩토리에는 별종이라고 부를 수 있는 개성 강한 사람들이 참 많이 드나들었지요. 시인이나 화가 등 예술가뿐 아니라 마약중독자, 부유한 여자 상속인들, 성전환자, 미소년, 상류층과 하류층 사람들이 동시에 뒤섞일 수 있는 대단한 공간이었습니다. 그곳에서 워홀은 다양성과 융합의 맛을 알게 되었고, 스스로 그것을 즐기며 작품세계에 표출하게 되었습니다.

앤디 워홀이라는 이름이 갖는 의미는 사실 '창의성'에 있습니다. 그는 언제나 발상의 전환을 추구했던 사람이지요. 물론 창의성이란 예술가들에게 기본적으로 요구되는 능력이기도 합니다. 예술이라는 행위 자체가 무엇인가를 새롭게 만들어내는 것이기 때문이지요.

그러나 앤디 워홀의 경우는 예술을 행하는 방법에 창의성을 발휘한 게 아니라 예술 자체에 창의적인 시각을 투과함으로써 예술의 세계를 확대시켰다고 볼 수 있습니다. 이 점이 바로 앤디 워홀을 21세기가 원하는 창조적 인재의 롤모델이라 부를 수 있는 이유입니다.

우리가 워홀을 사랑할 수밖에 없는 이유

워홀은 예술과 일상 사이에 선을 긋는 것을 가장 재미없어 했지요. 그가 가장 원했던 것은 예술과 일상의 구분을 없애는 것이었고, 우리 삶 속에 예술을 끌어오고 예술의 세계에 삶을 데려다 놓는 것이었어요. 그것이 쉬운 일은 아니지요. 기존의 사람들이 갖고 있는 생각의 틀을 늘 깨트려야 하는 수고로움과, 끊임없이 새로운 것을 추구하는 에너지가 받쳐줘야만 가능한 일이니까요.

그러나 워홀은 아주 충실하게 그 역할을 해내곤 했습니다. 그의 인생은 늘 새로움에 대한 도전으로 가득 차 있었지요. 그 덕분에 우리는 지금 20세기를 살았던 워홀의 세계에 담긴 '21세기적인 가치'를 신기한 눈으로 들여다보고 있는 것입니다.

당대에 인정받지 못하고 죽은 후에 거장이 된 사람들에겐 순수한 존경심을 표시할 수 있지만, 워홀처럼 당대에 크게 인정을 받은 거장의 인생에 대해서는 때로 존경심보다 질투가 먼저 생길 때가 있습니다.

"도대체 이 사람은 이런 생각을 어떻게 한 거야?"

'창조성'이라는 우주의 선물을 한꺼번에 받아버린 것에 대한 질투심이지요. 그러나 거장의 인생은 그만큼의 질투 못지않게 우리를 설레게도 합니다. 거장의 조건은 새로움에 대한 도전에서 시작됩니다. 즉, 창의적인 삶을 살아야 합니다. 자기 앞의 모든 안정됨을 뛰어넘어 불안정한 세계로 전진하고 새로운 세계를 스스로 만들어내는 것이지요.

지금 세계 어느 나라를 막론하고 젊은이들이 도전을 원하지 않기에, 인류는 더 이상 거장의 이야기를 만들어내지 못할지도 모릅니다.

그러나 한 가지 확실한 것은, 지난 시대 거장들의 무모해 보이거나 엉뚱해 보이는 도전, 새로운 것을 향한 호흡 같은 열망이 없었다면 우리는 지금 너무나 재미없고 심심한 일상을 살고 있을 것이라는 사실입니다.

우리는 워홀의 작품을 이해하기 위해 따로 공부할 필요가 없습니다. 그의 작품을 보는 순간 그것이 무엇인지, 무엇을 말하고자 하는지 다 알 수 있으니까요. 예술 작품과 쉽게 소통하게 되면 우리 자신도 예술적으로 승화된 듯한 느낌을 가질 수 있습니다.

그래서 우리는 그 작품에서 무엇을 느껴야 하고 어떤 주제를 읽어내야 하는지 잘 모르는 작품들을 볼 때와 다르게, 한 번에 이해하고 쉽게 공감할 수 있는 워홀의 작품에 친숙하게 다가가게 됩니다.

예술이란 특별한 사람들만의 것이라는 기존의 경계를 뛰어넘어 평범한 삶을 살아가는 많은 이들에게 예술 세계의 문을 활짝 열어준 워홀을 우리는 기꺼이 사랑할 수밖에 없습니다.

이혜경

편집자주 《앤디 워홀 이야기》는 다른 롤모델 시리즈와는 달리 원저작물에 어려운 부분이 많아 엮은이를 따로 두었습니다. 엮은이 이혜경 님은 《동아일보》 신춘문예 출신의 작가이며 미술 애호가입니다.

● 차례

1장 그림을 그리며 병을 이겨낸 소년

Andy
Warhol

4장 예술사에 기록될
팝아트의 선두가 되다

모든 예술은 서로 통한다

Andy
Warhol

6장 평범한 삶을 예술로 만드는 능력

Andy
Warhol

1장

그림을 그리며
병을 이겨낸
소년

그림도 좋고
영화도 좋아

소년에게 가장 친한 친구는 연필과 스케치북

초등학교 3학년, 열 살이 된 앤디는 여름방학 내내 아파서 침대 생활을 하며 지냈다.

신기하게도 여덟 살, 아홉 살, 열 살, 이렇게 3년째 여름방학이 시작되는 첫날에 같은 병으로 쓰러졌는데, 바로 류머티즘열이 발생한 후에 나타나는 '무도병' 때문이었다. 이 병은 운동신경 체계에 일시적으로 장애가 생기는 것으로, 자신도 모르게 온몸에 경련이 일어나면서 발작을 일으켰다.

이렇게 앤디는 여름방학마다 아파서 오랫동안 침대에서 벗어나지 못하는 생활을 해왔고, 평소에도 몸이 약해서 학교에 자주 결석하는 바람에 소심하고 소극적인 성격이 되었다. 그래서 또래 친구들과 놀기보다는 집에서 어머니와 함께 지냈다.

하지만 몸이 아파도 앤디의 손을 떠나지 않는 것이 있었다. 그것은 그림 그리는 연필과 스케치북이었다. 앤디는 여느 아이들과 다르게 서너 살 때부터 집안 여기저기에 그림을 그렸다. 겨우 손에 연필을 쥘 만한 나이였는데도 말이다.

그런 앤디에게는 연필과 스케치북이 가장 가까운 친구였고, 그림 그리기는 병을 이겨내는 데 좋은 치료제 역할을 해 주었다.

"엄마! 엄마!"

침대에 앉은 앤디가 큰 소리로 어머니를 불렀다. 잠시 후 어머니가 앤디에게로 왔다.

"엄마, 색칠공부 책…… 또 주세요."

"벌써 다 칠했어?"

"네."

"스케치북은?"

"이것도 두 장밖에 안 남았어요."

"너도 참, 아픈데 좀 자거나 가만히 누워 있지······ 그렇게 계속 그림을 그리니?"

그렇게 말하면서도 어머니는 웃으면서 방을 나갔다. 새 색칠공부 책을 가지러 가기 위해서였다.

앤디가 서너 살 때부터 연필이나 색연필을 손에 쥐면 벽이고 방바닥이고 가리지 않고 자꾸 무엇인가를 그려대는 바람에 앤디의 어머니는 아예 스케치북을 사주었다. 그 전에는 그림이라고 할 수도 없는 낙서에 불과했지만, 대여섯 살 무렵부터는 제법 주변의 물건들을 비슷하게 그리기 시작했다.

어머니는 앤디가 그림 그리기를 무척 좋아한다는 것을 잘 알고 있었다. 그래서 가난한 살림에도 아들을 위해 크레파스와 색칠공부 책과 스케치북을 사주었던 것이다.

앤디는 여느 아이들처럼 색색의 크레파스로 그림을 그리는 것보다는 연필로 그리는 것을 좋아했다. 연필로 그린 가는 선들이 모여 자신이 본 것을 세밀하게 표현해주는 것이 참 신기했다. 무엇이든 자신의 눈으로 본 것을 똑같이 그려내고 싶었다. 그의 뛰어난 드로잉(소묘) 실력은 어릴 때부터 이런 자발적인 연습을 통해 만들어졌다.

드로잉에 대한 재미가 자연스럽게 생겨난 것이었다면, 홈스 초등학교에 입학한 이후에는 콜라주에 관심을 갖게 되었다. 어느 날 앤디는 학교에서 미술 시간에 종이를 오려 붙이는 작업을 했는데, 그게 너무 재미있었다. 그래서 초등학생이 된 이후로는 그리기뿐만 아니라 콜라주까지 앤디의 취미이자 특기가 되었다.

앤디가 미술 분야 외에 무척 좋아하는 것이 또 있었다. 영화배우들과 만화였다. 앤디의 어머니는 그런 앤디에게 필름 프로젝터까지 사주어 단편 영화와 만화들을 보게 해주었다. 뿐만 아니라 아홉 살 때는 처음으로 카메라를 사주어 사진 찍기에 관심을 갖게 했으며, 집 지하실에 임시로 암실을 만들어 놓고 직접 필름을 현상할 수 있게 도와주었다. 가난한 생활이지만, 어머니는 몸이 약해 친구들과 어울리지 못하는 아들에게 갖고 싶어 하는 것을 가능한 한 사주려고 노력했다.

이런 어머니의 사랑이 어쩌면 앤디의 예술성을 일찌감치 키워준 것인지도 모른다. 오늘날도 아닌 1930년대 중반에 아이가 필름 프로젝터와 카메라를 직접 사용하며 놀았다는 점은 놀라운 일이다. 시대를 앞서고 일반적인 생각을 뒤집는 앤디 워홀의 예술적 성향이 어렸을 때부터 이렇게 싹트고 있었던 것이다.

앤디는 광부인 아버지가 광산을 옮겨 다니며 일하면서 집을 비우는 일이 잦았기 때문에 어머니의 사랑을 받을 시간이 많았다. 앤디의 어머니는 체코슬라바키아 출신이라 영어가 서툴렀지만 병약한 막내아들을 위해 밤이면 앤디가 좋아하는 인기 연재물인 〈딕 트레이시〉를 읽어주었다. 그리고 그때마다 앤디는 "고마워요, 엄마!"라고 말했다.

앤디는 친구들과 뛰어노는 대신에 쉬지 않고 그림을 그리거나 사진을 찍었다. 그런 앤디를 눈여겨본 홈스 초등학교의 미술 선생님은 어느 날 앤디에게 이렇게 말했다.

"앤디, 그림을 참 좋아하는구나. 매주 토요일 오전에 카네기 뮤지엄에서 열리는 무료 예술교육 과정에 참여해보지 않겠니?"

앤디는 미술 선생님의 제안을 받아들였다. 그 후 앤디는 몸이 아프지 않는 한 그곳에 가서 여러 분야를 넘나드는 예술적 기초를 닦을 수 있었다.

앤디 워홀(본래는 앤드루 워홀이었는데, 나중에 뉴욕에 갔을 때 미국식 이름인 앤디 워홀로 바꾸었음)은 1928년 8월 6일에 펜실베이니아 주 피츠버그 맥키스포트에서 삼형제 중 막내로 태어났다.

어머니 줄리아, 형 존과 함께한 앤디 워홀. 몸이 약하고 소심하고 소극적인 성격으로 또래 친구들이 없었다. 연필과 색연필, 그리고 스케치북이 그의 가장 가까운 친구였다.

아버지 온드레이 워홀라와 어머니 줄리아 주스티나는 체코슬로바키아의 트란스카파티안 지방에서 미국으로 이민을 왔다. 아버지는 1912년에 군 입대도 피할 겸 기회의 땅인 미국에서 돈을 벌기 위해 먼저 이민을 오고, 그로부터 9년 뒤인 1921년에 어머니를 미국으로 데려왔다.

이민을 온 아버지가 할 수 있는 일이란 막노동뿐이었다. 그래서 그는 펜실베이니아 주의 탄광 지대에서 일하는 광부가 되었다.

이민 1세대들이 대부분 그렇듯이 앤디네 집안도 경제적으로 어려운 형편이었다. 이민자 거주지인 도시의 소외된 빈민 지역에서 앤디는 의기소침하고 소심한 소년으로 자랐다. 그런 앤디에게 그림 그리기는 좋은 친구가 되어주었고, 그림 그리는 것이 가장 즐거운 놀이였다. 몸이 아파 침대에 누워서 지낼 때조차도 그림 생각만 하면 외로움과 슬픔이 줄어들었다.

자르고 오리고 붙이는 일이 즐거워

"자! 여기 있다. 그리고 초콜릿도."

어머니는 앤디에게 새 색칠공부 책과 초콜릿을 건넸다. 앤디가 색칠공부 책을 한 권씩 끝낼 때마다 어머니는 초콜릿을 하나씩 주었던 것이다.

"아유, 너무 어질러놓았네. 베개 밑에도 들어 있지?"

어머니는 방바닥에 흐트러진 종이 인형들을 주운 다음, 베개 밑으로 손을 집어넣어 다른 종이 인형들을 꺼냈다.

종이 인형들을 가지런히 모으면서 어머니가 물었다.

"그런데 넌 왜 종이 인형들을 오리지 않고 그대로 가지고 놀지?"

종이 인형들은 8절지나 4절지의 판지에 사람이나 동물 모양으로 그려져 있고, 그것들을 가위로 오려서 가지고 놀도록 만들어져 있었다. 대부분의 다른 아이들은 다 그렇게 오려서 가지고 놀았다. 하지만 앤디는 판지에 그려진 인형들을 오리지 않았다.

"판지를 통째로 가지고 노는 게 더 좋아. 오리는 것보다 더 예쁘고 재미있어."

어머니는 앤디가 판지를 오리지 않은 채 그대로 가지고 노는 것이 신기했다. 다른 아이들은 모두 오려서 가지고 노는데 말이다. 앤디는 누구나 하는 대로 따라 하지 않고 자기 고집이 있는 아이였다. 앤디의 이런 모습은 일반적인 생각을 깨뜨렸다는 점에서, 무엇이든 새로운 시도를 즐겼던 예술가적 자질을 엿볼 수 있게 해준다.

"내일 색칠공부 책을 더 사야겠다. 얼마 안 남아서……."

어머니의 말이 채 끝나기 전에 앤디의 작은형이 방으로 들어와 말했다.

"앤디, 네게 우편물이 왔어."

우편물을 뜯어본 앤디의 얼굴이 발갛게 상기되었다. 앤디가 무척 좋아하는 영화배우인 셜리 템플이 편지와 함께 사인한 자신의 사진을 보내준 것이다.

"와! 드디어 내 편지에 대한 답장을 보내왔어. 이것 봐! 사인도 있어!"

영화배우 셜리 템플이 보내준 이 사진은 현재 위홀 자료보관소에 전시되어 있다.

앤디의 초등학교 시절은 질병으로 어려움도 겪었지만, 그림 그리기와 콜라주 등 미술과 영화에 대한 재미를 붙인 시기였다. 그림 그리기 외에 앤디가 좋아하는 것은 공작물 만들기, 종이 인형 놀이, 라디오 듣기 따위였다. 또 영화배우들의 사진을 모으기도 하고 영화 관련 잡지나 만화책을 즐겨 읽었으며, 좋아하는 영화배우에게 사진이나 자서전을 보내달라는 편지를 직접 쓰기도 했다.

어떤 때는 드로잉을 하거나 콜라주를 만들었다. 그림을 그리거나 무엇인가를 붙이고 만들 때, 그리고 영화를 볼 때 앤디는 자신이 행복해지는 것을 느꼈다. 그 행복감은 앤디가 예술에 대한 재능을 키우는 데 큰 몫을 했다. 이러한 어린 시절의 경험이 성장 이후 그를 새로운 미학의 세계로 안내했는지도 모른다.

이것은 그가 다른 예술가와는 많이 다른 작품세계를 갖게 된 하나의 큰 이유일 수도 있다. 그의 작품은 대체로 경쾌하다. 우울하거나 슬프지 않다. 밝고 긍정적이다. 또한 그는 자신의 창조 작업을 크게 고통스러워하지 않았다. 예술이 예술가의 영혼을 짓누르는 존재가 아닌, 예술은 아주 사랑스럽고 행복을 주는 존재라고 느끼며 살았던 몇 안 되는 예술가였다. 이것은 성장기에 경험했던 창조의 행복감이 그의 정서에 깊게 투영된 결과였다.

카네기 공과대학에
들어가다

미술교사가 될 거야

홈스 초등학교를 졸업한 후 스켄리 고등학교에 입학한 이후에도 앤디 워홀의 미술에 대한 열정은 계속되었다. 인생에서 그림이 가장 중요했던 워홀에게 가장 좋아 보인 직업은 미술교사였다. 그는 누군가 "넌 앞으로 뭐가 될래?"라고 물으면 마치 정답을 말하듯이 "미술교사요!"라고 대답했다.

　고등학교 시절에 워홀은 나중에 그가 들어가게 된 카네기 공과대학(지금의 카네기 멜론 대학교)에서 미술을 가르치던 조지프 피츠패트릭에게서 지도를 받았다.

고등학교 1학년인 열네 살이 되던 해, 아버지가 결핵 복막염으로 세상을 떠났다. 워홀은 무서웠다. 거실에 아버지의 관이 아직 뚜껑도 닫히지 않은 채로 있었다. '아버지가 거실에 누워 있는데, 관 속에 누워 있다.'는 생각으로 온 신경이 곤두섰다.

사랑하는 사람이 세상을 떠나면 그 마지막 모습을 지켜보아야 하는 게 사람들 사이의 약속이다. 그러나 워홀은 주검이라는 시각적 이미지에 지배당하는 것이 무서웠다. 그래서 아버지의 마지막 모습을 보지 못하고 피했다. 결국은 장례식에도 참석하지 못할 만큼 온 신경이 날카로워져 정상이 아닌 상태였다.

아버지가 사고가 아니라 병으로 죽었기 때문에 보편적인 정서라면 슬프기는 해도 그렇게 심한 공포감을 느끼지는 않았을 것이다. 그러나 워홀은 보편적이지 못했다. 그는 병적으로 가늘고 투명한 신경망을 가진 소년이었다. 어머니도 워홀이 아버지의 죽음 때문에 다시 어렸을 때처럼 신경 발작을 일으킬까 봐 걱정했다. 그래서 장례식에 참석하지 않겠다는 워홀의 말을 들어주었다.

앤디 워홀 이야기

워홀라 형제들. 왼쪽부터 폴, 앤디, 존. 아버지의 죽음은 워홀에게 공포의 그림자만 드리운 것이 아니라, 생계를 더욱 어렵게 했다. 워홀은 과일과 야채를 팔러 다니는 큰형 존을 쫓아다니면서도 열심히 그림을 그렸다.

아버지의 죽음은 워홀에게 공포의 그림자만 드리운 것이 아니었다. 그렇지 않아도 가난했던 집안 형편은 아버지의 죽음으로 더욱 어려워질 수밖에 없었다. 이제 가족의 생계를 책임져야 할 사람은 워홀보다 여섯 살 많은 큰형이었다.

큰형은 가난한 사람들이 사는 마을을 돌며 과일과 채소들을 팔았고, 워홀은 학교 수업이 끝나면 그런 큰형을 따라다녔다. 장사를 돕겠다는 마음에서였지만 그다지 도움은 되지 않았다. 대신 워홀은 장사를 하는 큰형 옆에서 열심히 그림을 그렸다. 과일과 채소도 그리고, 사람들이나 거리의 풍경도 그렸다.

워홀은 고등학생이 된 후로 그림뿐만 아니라 영화에 대한 관심도 더욱 커졌다. 영화배우들과 관련된 소품이나 자료들을 초등학생 때보다 더 많이 수집했는데, 이러한 영화에 대한 사랑이 후에 엘리자베스 테일러, 마릴린 먼로 같은 영화배우들의 사진을 그림의 소재로 삼게 한 배경이 되었는지도 모른다.

앤디에게 아버지의 죽음이 불러온 공포가 겨우 옅어졌을 무렵인 열여섯 살 때, 어머니가 암에 걸려 수술을 하게 되었다. 어머니가 수술을 하기 위해 병원에 갈 때도 워홀은 병원에 가지 않고 집에서 그림을 그렸다. 병, 수술, 죽음, 이런 것들이 주는 공포로부터 벗어나는 유일한 길은 그림을 그리는 것이었다.

다행히 수술은 성공적으로 끝났고, 워홀의 어머니는 건강을 되찾았다. 워홀은 어린 시절에 어머니가 동화책이나 만화책을 읽어주었을 때처럼 "엄마, 고마워요."라고 말했다. 어머니마저 죽었다면 심약한 워홀에게는 엄청난 충격이었을 것이다.

미술교사보다는 일러스트레이터가 되고 싶어

워홀은 1945년에 고등학교를 졸업했다. 성적은 졸업생 278명 중에서 51등이었다. 가난한 형편이지만 대학에 진학하리라 마음먹고 있었다.

처음에 워홀은 피츠버그 대학교에 진학할 작정이었다. 아이들에게 미술을 가르치는 미술교사가 되기 위해서 '미술교육'을 전공할 계획이었다. 그런데 진학을 앞두고 다시 한 번 진지하게 생각해보니, 자신이 진정으로 원하는 것이 미술교사가 아니라는 생각이 들었다.

워홀은 대학 진학 문제를 고민하다가 어머니에게 이렇게 털어놓았다.

"미술교사는 어쩌면 재미가 없을 것 같아요. 아이들을 가르치는 것보다는…… 제가 직접 그리고 싶거든요. 그것도 일러스트레이터가 되면 더 재미있을지도 모른다는 생각이 들어요."

"그럼, 피츠버그 대학교 말고 다른 대학교에 갈 거니?"

"광고 일러스트레이터가 되려면 산업디자인을 전공하는 것이 좋아요. 그래서 카네기 공과대학이 어떨까 생각 중이에요."

"네가 정말 좋아하는 학과를 선택하렴. 후회하지 않도록 말야."

어머니는 워홀의 선택을 존중해주었다. 그렇게 해서 워홀은 카네기 공과대학에 입학했다. 산업디자인과에서 다루는 것은 주로 삽화와 광고 디자인이었지만, 워홀은 예술사 등 교양 과목을 공부하는 것도 게을리하지 않았다.

하지만 솔직히 워홀에게 그림을 그리는 것 외의 과목은 쉽지 않았다. 특히 글쓰기가 가장 힘들었는데, 결국 1학년 말에 낙제를 하고 말았다. 그는 잠시 머리도 식힐 겸 형을 도와 과

일 장사를 하다가 다시 학교생활을 시작했다.

대학 시절에 미술상도 받았지만, 워홀의 스승들은 미래의 위대한 예술가를 기억하지 못했다. 로버트 레퍼라는 교수만 워홀을 '작고 마른 소년'으로 기억하면서, "가깝게 지낸 사이는 아니었지만 자신만의 독특한 작품을 만드는 학생이었고, 그중에서 어떤 작품은 매우 좋았다."고 말했다.

위홀의 대학 시절에서 주의를 끌 만한 특별한 일이 있는데, 그것은 후에 대표적인 사실주의 화가로 성공한 필립 펄스타인과의 우정이다. 펄스타인은 처음에 추상을 추구하려고 했다. 그러던 그가 1970년대에 들어 사진 찍기에 빠져들면서 카메라의 사실적인 이미지에 몰두하기 시작했고, 결국 포토리얼리즘(극사실주의)을 추구하게 된다.

위홀과 펄스타인은 처음 만났을 때부터 서로의 예술에 대한 열정을 알아보았다. 그 열정에 이끌려 상대방에게 관심을 갖게 되었고, 자신을 드러내는 데 익숙하지 않았던 위홀조차도 펄스타인과는 마음을 터놓고 지냈다.

"오늘 너희 집에 가서 작업 좀 해도 될까?"

"물론 되지. 언제든 좋아."

자기 방이 따로 없던 위홀은 가끔 펄스타인의 집으로 가서

워홀은 광고 일러스트레이터가 되기 위해 카네기 공과대학에서 산업 디자인을 전공한다. 대학 시절에 자신만의 독특한 작품을 만들며 미술상을 받았고, 후에 사실주의 화가로 대성하는 필립 펄스타인과 우정을 키우게 된다.

작업을 했다. 그런데 펄스타인의 조카들이 집 안에서 뛰어놀 거나 하면서 작업을 하는 두 사람을 성가시게 하는 일도 종종 있었다. 특히 위홀의 그림을 망치는 일이 잦았다.

그래도 위홀은 펄스타인네 집에서 그림 그리는 것을 좋아했다. 집에서는 마땅히 그림을 그릴 만한 공간도 없었을 뿐만 아니라, 두 형이 예술가가 되려는 자신을 이해하지 못하고 비웃어 마음이 불편했기 때문이다.

두 사람이 공부한 카네기 공과대학이 있는 피츠버그는 지방 도시에 불과했지만, 정치적으로나 문화적으로 살아 있는 도시였다. 두 사람은 예술 작품을 골고루 감상하고 느끼는 데 열정적이었다. 위홀이 특히 좋아하고 관심을 가진 예술가는 나중에 춤과 문화 현장에서 영웅이 된 미국의 무용가 호세 리몬이었다. 위홀은 펄스타인과 함께 호세 리몬의 공연을 보러 갔으며, 마사 그레이엄 무용단의 공연도 보러 갔다.

"마사 그레이엄이 베르톨트 브레히트와 닮지 않았어?"

펄스타인은 위홀에게 그렇게 말했으며, 두 사람은 브레히트의 서사극과 '소외효과' 이론과 기법에 관한 수업을 들었다. 또한 갤러리 아웃라인스에서 조지프 코넬, 마르셀 뒤샹, 존 케이지, 벅민스터 풀러의 작품을 보고 깊은 인상을 받았다. 고등학생이었을 때는 접하기 어려웠던 예술 작품들을 접하면서 워홀에게 잠재해 있던 예술적 열정과 재능이 더욱 꿈틀거리기 시작했다. 자신이 느꼈든 느끼지 못했든 워홀은 이렇게 예술가적 기질을 다져가고 있었다.

그는 한때 꿈꾸었던 미술교사를 대학 재학 중에 잠시 경험하기도 했다. 이렌 카우프먼 복지관에서 아이들에게 미술을 가르치게 되었기 때문이다.

초등학교 시절, 병약한 탓에 혼자 그림을 그리거나 라디오를 듣거나 영화를 보며 지내는 시간이 많았던 것이 오히려 평범하지 않은 예술적 삶을 살게 하는 밑바탕이 된 것일까. 쉬지 않고 그림을 그리던 소년은 대학에서 더욱 전문적인 공부를 하고 많은 작품들을 접하면서 점점 뚜렷하게 예술가로 향하는 길을 닦아갔다.

Andy
Warhol

백화점에서 일하며
상업미술에 접근하다

딱 맞는 아르바이트 자리를 찾다

형들에게 경제적으로 의존하기가 부담스러워진 워홀은 스스로 돈을 벌면서 학교를 다녀야 한다는 사실을 깨달았다. 자신이 할 수 있는 아르바이트 자리를 찾아나서야 했다.

그런데 워홀은 몸이 약해서 힘을 쓰는 아르바이트 자리는 구하기 어려웠다. 대학에서 배우고 있는 상업 디자인이나 자신이 잘하는 드로잉 기법을 활용할 수 있는 일거리를 찾고 싶었다.

그러던 어느 여름방학 때였다. 워홀은 피츠버그에 있는 조지프 혼 백화점을 찾아갔다. 자신이 할 수 있는 아르바이트 자리가 있는지 알아보기 위해서였다. 상품을 대량으로 파는 백화점이라면 상업 디자인이나 드로잉 기법을 활용한 일거리를 찾아낼 수도 있을 거라고 생각했던 것이다.

소심한 편인 워홀이 백화점을 찾아가 모르는 사람에게 일거리를 부탁하는 일은 쉽지 않았다. 그러나 수줍고 말수가 적은 그도 그림에 관해서나 자신이 원하는 일을 해내기 위해서는 적극적인 행동을 취하는 편이었다. 워홀의 이런 성향은 졸업 후에 더욱 뚜렷하게 나타났다. 그렇게 함으로써 수많은 사람들을 자신의 주변으로 모이게 했고, 상업미술가로서 성공하게 되었는지도 모른다.

아무튼 그가 백화점을 찾아가 만난 사람은 볼머라는 사람이었다. 일거리를 찾는다는 말을 여러 사람에게 해놓은 후에야 그를 만날 수 있었다.

"제가 이 백화점에서 할 수 있는 일이 없을까요? 저는 카네기 공과대학에서 산업 디자인을 전공하고 있습니다."

그는 워홀을 아래위로 훑어보더니 잘할 수 있는 게 무엇인지 물었다.

"그림을 잘 그립니다. 특히 드로잉과 페인팅은 자신 있습니다."

"좋아. 그렇지 않아도 반짝이는 아이디어를 내놓을 새로운 사람이 필요했네. 난 뉴욕에서 왔는데, 여기는 참신함이 부족해. 새로움이 필요하지."

그가 뉴욕에서 왔다는 말을 듣자, 워홀은 더욱더 그곳에서 일을 하고 싶었다. 그 당시 뉴욕은 예술을 하는 사람이라면 누구에게나 동경의 도시였기 때문이다.

"우선은 이 잡지들을 보면서 백화점 디스플레이에 적용할 새로운 아이디어를 만들어봐. 보수는 말야, 음…… 대가는 한 시간에 50센트 정도로 생각하는데, 어때?"

"좋습니다."

돈을 벌기 위해 찾아왔지만 이제 액수 따위는 문제가 되지 않았다. 볼머는 뉴욕에서 왔다는 사실 하나만으로도 워홀에게 우상이 되었고, 그런 사람 밑에서 일을 한다는 것 자체가 워홀을 흥분시키기에 충분했다.

뉴욕에 대한 동경이 시작되고

워홀은 볼머가 내민 패션 잡지 《보그》와 《하퍼스바자》를 떨리는 손으로 받아들었다. 그해 여름 내내 워홀은 《보그》와 《하퍼스바자》, 그리고 유럽의 패션 잡지들을 훑어보면서 새로운 아이디어를 찾았다. 새로운 아이디어를 찾아보고 고민하다 보면 밤을 꼬박 새기도 했지만, 그는 흥분되고 즐거운 마음으로 그 시간을 즐겼다.

그러던 어느 날, 볼머는 워홀에게 백화점의 진열장 배경을 채색하라고 지시했다.

"내가 백화점의 진열장 배경을 칠하게 됐어! 얼마나 흥분되는지 몰라."

워홀은 친구인 펄스타인에게 달려가 자랑스럽게 말했다.

워홀은 백화점 일을 하며 틈틈이 볼머로부터 뉴욕에 대한 이야기를 많이 들었고, 그러면서 뉴욕에 대한 동경을 더욱 키우게 되었다. 백화점 아르바이트는 워홀에게 다른 도움도 주었다. 학교에서 배우는 것보다 더 실제적으로 상업미술에 대한 안목을 키울 수 있었던 것이다.

대학 졸업식이 얼마 남지 않은 여름 끝자락에 워홀은 펄스타인과 함께 뉴욕으로 갔다. 그토록 동경하던 뉴욕을 직접 한 번 보고 싶었던 것이다. 뉴욕에 도착한 두 사람은 뉴욕 시내를 돌아다니며, 무작정 광고 회사나 잡지사에 들어가 자신들의 포트폴리오를 보여주면서 일거리를 줄 수 있느냐고 물었다. 대부분은 위홀의 드로잉 솜씨에 관심을 보였지만, 상업적으로 사용하기에는 뭔가 애매하다거나 졸업 후에 보자는 말을 했다.

위홀은 뉴욕에 있는 회사를 찾아가 자신의 포트폴리오를 보여줄 수 있었다는 사실만으로도 만족스러웠다. 물론 일자리를 얻을 수 있다면 더 좋았겠지만, 처음부터 큰 기대는 하지 않았다.

백화점에서의 아르바이트 경험과 뉴욕 여행으로 위홀은 자신의 재능을 발휘하며 일하고 싶은 분야를 찾게 되었다. 하지만 그때까지는 자신이 곧 상업미술가로서 명성을 얻게 될 것이라고 확신하지 못했다. 그저 자신이 좋아하고 잘하는 그림 그리기를 하면서 살고 싶다는 생각과 함께 그림을 그리면서 세상과 사람들과 접촉하고 싶다는 열정이 뜨거웠을 뿐이다. 그러나 그 열정의 밑바탕에는 명성에 대한 강렬한 욕구도 깔려 있었음을 그리 오래지 않아 확인할 수 있었다.

예술가들이
모이는
뉴욕으로 가다

훗날 대가가 된
필립 펄스타인과 함께 뉴욕으로

마음은 벌써 뉴욕에 가 있어

1949년에 워홀은 카네기 공과대학 산업디자인과를 졸업하고 예술학사 학위를 받았다.

　뉴욕에 대한 동경과 그곳에서 미술 작업을 하고 싶어 하는 열정을 아는 펄스타인은 워홀에게 뉴욕으로 가라고 말했다.

　"넌 안 갈 거야? 너도 같이 가자."

　"난 너만큼 뉴욕에 가고 싶진 않아. 여기서도 작업은 할 만해."

"피츠버그는 공장 지대야. 예술가들이 살아가기엔 적합하지 않아. 네가 안 간다면 나도 안 갈래."

물론 워홀은 뉴욕으로 가서 그곳의 예술적 공기를 흠뻑 들이마시며 자신의 재능을 마음껏 펼쳐보고 싶었다. 하지만 혼자 가는 것이 두려워서 펄스타인에게 같이 가자고 설득한 것이다.

펄스타인 역시 뉴욕의 매력을 모르지 않는 터라 두 사람은 함께 뉴욕에 가서 살기로 마음먹었다.

두 사람은 각각 200달러씩 들고 피츠버그를 떠나 뉴욕으로 향했다. 이 행보는 훗날 뉴욕 예술의 정수를 이루어낸 워홀에게 있어 매우 큰 의미를 지닌다.

그런데 그 자신은 훗날 이 부분에 대해 언급하길, "내가 열여덟 살 때 한 친구가 나를 크로커 상점의 쇼핑 가방에 넣어 뉴욕으로 보냈다."라고 매우 쿨하게 표현했다. 이것은 작품에 있어서는 사실적인 묘사와 표현을 매우 중요시하지만 자신의 사생활에 대해선 상징적이고 함축적인 표현을 사용하길 즐겼던 그만의 독특한 방식이었다.

또 뉴욕으로 갔을 때의 나이는 워홀의 기억처럼 열여덟 살이 아니라 정확히 스물한 살 때였다. 아마도 워홀의 기억 속에는 그때 자신의 이미지가 매우 어렸던 것으로 입력되어 있었던 모양이다.

뉴욕에 도착한 두 사람은 뉴욕의 남동쪽에 있는 세인트 마크 플레이스에 작업실을 얻어 함께 지냈다. 이곳은 뉴욕 문학과 음악의 원천이었고, 그 후 1980년대 그래피티 아트graffiti art(벽이나 다양한 화면에 스프레이 페인트로 그림을 그리거나 낙서처럼 긁는 그림)의 발상지가 된 곳이었다.

워홀은 대학을 졸업하기 전에 잠시 들렀을 때보다 더욱 열렬하고 흥분된 심정으로 뉴욕이란 도시를 끌어안았다. 체코 이민자의 아들인 워홀에게 멋지고 세련된 문화와 예술이 넘쳐나는 뉴욕은 그가 하고 싶은 일을 하면서 인생을 새롭게 시작할 수 있는 곳이었다.

멋진 가게들이 있는 5번가, 광고업의 중심이자 상업예술이 꽃피고 있는 매디슨 애비뉴, 고급 아파트 지역인 파크 애비뉴 등은 그의 꿈과 욕망을 자극했다. 뉴욕은 그가 마음속 깊이 간직하고 있던 욕망들을 하나하나 펼쳐보고 이룰 수 있는 꿈의 도시였다.

일자리를 찾아서

위홀은 뉴욕에 도착한 다음 날부터 당장 포트폴리오를 들고 맨해튼의 상업미술 책임자들을 찾아다녔다. 예술과 새로운 유행과 멋으로 넘쳐나는 뉴욕에 아주 잘 어울리는 사람들, 특히 상업미술에 종사하는 사람들의 옷차림은 하나같이 세련된 정장이나 양복에 넥타이를 맨 멋진 모습이었다.

하지만 위홀은 그들과 비교하면 촌스럽고 무척 꾀죄죄해 보였다. 누구라도 낡은 옷에 더러운 운동화를 신은 그를 기억하기란 어렵지 않았다.

뉴욕에 겨우 적응해가던 초창기에 위홀은 즐거움과 재미를 마음껏 누릴 수 없었다. 왜냐하면 우선 자신의 재능을 펼쳐 보일 수 있는 기회를 찾고 무엇보다 돈을 벌기 위해 새로운 일거리를 구하는 것이 시급했기 때문이다.

위홀은 새로운 일거리를 찾아 하루 종일 여기저기 뛰어다녔다. 그래서 그림은 밤 시간에만 그릴 수 있었다. 그는 남들이 잠든 밤이 되어서야 차분하게 앉아 그림을 그렸다. 좋아하는 영화를 마음껏 본다거나 휴식을 취한다거나 하는 일은 아직 꿈 같은 일이었다.

위홀의 평소 성격은 수줍고 말이 없었지만, 자신의 실력을 발휘할 수 있는 일거리를 찾을 때는 매우 적극적이었다. 비록 후줄근한 차림이었지만, 그는 종이 가방에 포트폴리오를 넣고 수많은 잡지사를 돌아다녔다.

하루는 패션 잡지인 《글래머》를 발행하는 잡지사를 찾아 갔다. 그곳의 아트 디렉터였던 티나 프레더릭은 위홀의 포트 폴리오를 찬찬히 살펴보았다.

"굉장하군요. 전율이 느껴져요. 하지만 우리가 필요한 드로잉은 상업적인 이미지예요. 특히 우리 잡지에 필요한 것은 구두 드로잉뿐이에요."

그녀의 말을 듣고 집으로 돌아온 위홀은 밤새도록 구두 드로잉을 그렸다. 그리고 다음 날, 50장의 구두 드로잉을 갈색 종이봉투에 담아 들고 다시 프레더릭을 찾아갔다. 그녀는 위홀의 열정과 재능에 탄복했다.

"놀랍군요! 하룻밤 만에 이렇게 많은 드로잉을 그려내다니……. 게다가 대부분 괜찮은 것들이군요. 좋아요. 우리 잡지사에서 프리랜서(자유계약에 의해 일하는 사람)로 일해봐요."

프레더릭에게 드로잉 실력을 인정받은 위홀은 《글래머》의 삽화를 그리게 되었다. 그가 맡은 첫 번째 작업은 〈성공은 뉴욕에서 이루어진다〉라는 에세이에 들어갈 삽화였다. 그런데 그 에세이의 제목이 신기하게도 워홀의 성공을 예견한 듯했고, 그래서인지 삽화를 그리면서 그는 자신감을 가지게 되었다.

비록 프리랜서이긴 하지만 일할 곳이 생긴 워홀은 잡지사 일을 하면서 뉴욕 사람들과의 인맥을 쌓아나가기 시작했다. 잡지사 사람들, 예술을 하기 위해 뉴욕에 모인 사람들, 그리고 시간이 조금 지난 뒤에는 갤러리스트(화랑이나 미술품 전시관에서 일하는 사람들)들을 만나면서 작업할 것들에 대한 아이디어도 얻고 생활의 활력과 재미를 얻어갔다.

워홀의 그런 노력 때문인지 아니면 타고난 재능 때문인지, 그는 빠른 속도로 뉴욕에서 성공하기 시작했다. 어쩌면 그 두 가지가 다 작용했을 것이다.

첫 번째 작업이었던 〈성공은 뉴욕에서 이루어진다〉의 삽화가 많은 사람들로부터 호평을 받았고, 뉴욕의 상업미술 책임자들은 워홀을 주목하기 시작했다.

워홀은 본래 이름이 체코식으로 '앤드루 워홀라'였는데, 뉴욕에서 활동하면서부터 '앤디 워홀'로 바꾸었다. 체코식보다는 미국식 이름이 자신에게 더 어울렸기 때문이다.

그는 잡지의 삽화 외에도 컬럼비아 레코드의 앨범 표지, 크리스마스 카드, 책 표지, 소규모 캠페인 광고, 쇼윈도 디스플레이 문구 등 상업적인 디자인 작업들을 주로 맡아서 했다.

위홀은 더 많은 사람들과 친해지고 싶은 생각에 펄스타인과의 자취 생활을 끝내고, 무려 열일곱 명이나 되는 룸메이트들과 함께 맨해튼 애비뉴 103번가의 지하 아파트에서 살기도 했다.

함께 지낸 룸메이트들은 모두 예술 창작을 하는 사람들이었다. 그들과 함께 지내다 보면 서로 친구가 되기도 하고, 서로에게 관심을 가지면서 예술과 창작에 대한 새로운 자극을 받을 수도 있을 것 같았다. 그러나 현실은 달랐다.

'그들 중 나에게 자기 문제를 얘기한 사람은 아무도 없었어. 모두 창작하는 사람들이었기 때문에 어려운 문제들이 많았겠지. 하지만 아무도 나에게 자기 마음을 털어놓지 않았어. 열일곱 명 중에서 단 한 명도……. 물론 나도 하루 중 대부분의 시간을 일에 빠져 살았으니까, 누군가 내게 자기 마음을 털어났다고 해도 충분히 들어줄 시간이 없었을 거야. 그렇게 생각하면서도 나는 내가 따돌림을 받았다고 느꼈어. 그리고 나도 모르게 상처를 받았지.'

위홀은 이런 느낌과 경험 때문에 언제나 많은 사람들 속에 있으면서도 그들과 깊이 어울리지 않았다. 그래서 사람들을 관찰하며 작품의 소재로만 삼는 관계를 맺게 된 것인지도 모른다.

사람을 좋아하는 만큼 외로움도 크다

위홀은 파티를 좋아하고 어디를 가든 몇몇 사람들과 무리를 지어 다녔지만, 그러면서도 혼자 있는 것이 더 낫다고 생각했다. 그는 '군중 속의 고독'이라는 말이 왜 있는지 철저하게 체험하고 있었다.

이 시기와 관련해서 위홀은 나중에 이렇게 표현했다.

어울릴 사람이 필요하다고 느껴서 마음을 터놓을 친구들을 찾을 때가 있었는데, 그때 나는 아무도 찾지 못했다. 결국 나는 혼자 있는 게 더 낫다고 생각했다. 그런데 자기 문제를 내게 말하는 사람이 없는 것이 차라리 더 좋다는 결론을 내리는 바로 그 순간, 이전에 한 번도 본 적이 없는 사람들이 내 뒤를 쫓으면서 자신들의 문제를 털어놓기 시작했다. 마음속에서 내가 고독한 사람이 되려는 순간에 추종에 가까울 만큼 많은 사람들이 모여든 것이다. 무언가 소망하기를 멈추는 순간, 당신은 그것을 갖게 된다. 나는 이 명제가 절대적이라는 것을 알게 되었다.

워홀이 열일곱 명이나 되는 사람들과 함께 살았던 지하 아파트는 사람이 사는 곳인지 바퀴벌레가 사는 곳인지 모를 만큼 바퀴벌레가 많았다.

어느 날, 워홀이 일거리를 구하기 위해 포트폴리오를 들고 《하퍼스바자》의 편집장인 카멜 스노의 사무실에 갔을 때였다. 그가 편집장에게 삽화를 보여주기 위해 포트폴리오가 들어 있는 가방의 지퍼를 여는 순간, 가방 안에서 바퀴벌레 한 마리가 기어나와 책상 밑으로 기어 내려갔다. 워홀로서는 놀라우면서도 창피한 일이었다.

그는 자신도 모르게 인상을 찌푸렸고, 얼굴은 홍당무처럼 붉어져버렸다. 편집장이 여자여서 바퀴벌레에 대한 거부감이 더 컸을 것이라는 생각을 하자 워홀은 너무나 창피했다.

그런데 편집장은 바퀴벌레에 대해서는 아무 말도 하지 않고 워홀에게 일거리를 하나 주었다.

'내가 안돼 보이니까 일을 주는 거야. 하지만 뭐, 이유가 어쨌든 내가 일을 잘하면 새로운 일을 또 줄 테지.'

워홀은 그렇게 생각하며 사무실을 나왔다.

예술에 큰 영향을 끼친 텔레비전을 사다

워홀은 일이 점차 많아지고 수입이 안정되면서 지하 아파트를 벗어나게 되었다. 그는 맨해튼 이스트 87번가에 있는 아파트를 얻어 드디어 자신만의 둥지를 마련했다. 이사를 하면서 텔레비전을 한 대 샀는데, 그것은 워홀에게 큰 의미였다.

그가 가장 즐겨 보던 프로그램은 뉴스였다. 뉴스 속에는 후에 작업하게 되는 재난 시리즈와 같이 작품의 소재로 삼을 만한 것들이 아주 많았기 때문이다.

새 아파트로 옮기고 난 후, 어머니 줄리아가 막내아들을 돕기 위해 피츠버그에서 뉴욕으로 왔다. 이제 워홀은 창조적 작업을 하던 룸메이트들 대신 어머니와 여섯 마리의 고양이들과 함께 살았다. 이름을 외우기 귀찮다는 이유로 전부 '샘'이라고 부른 이 고양이들은 워홀에게 디자인의 모델이 되기도 했다.

위홀은 상업미술을 주로 하던 시절부터 생활 속에 있는 것들은 무엇이든 그림의 소재로 삼았다. 이것은 다른 미술가와 구분되는 위홀의 특징이기도 했다. 어쩌면 상업미술을 시작하면서부터 그에게는 모든 것이 예술의 대상이 되었는지도 모른다.

위홀의 나이 스물세 살이 된 1952년의 어느 날, 알고 지내던 루퍼스 콜린스와 탤리 브라운 등이 극장을 개관했다는 소식을 듣게 되었다. 어릴 때부터 영화에 남다른 관심을 갖고 있던 위홀은 당장 그 극장을 찾아갔다. 극장 이름은 리빙 시어터였고, 상영한 영화는 조너스 매커스가 만든 〈브리그〉였다. 그때 맺게 된 인연으로 루퍼스 콜린스와 탤리 브라운은 후에 위홀이 만드는 영화에 출연하게 된다.

위홀은 영화를 보는 것만이 아니라 찍는 것에도 관심을 갖고 있었기에, 〈브리그〉를 보고 자극을 받은 뒤 단일 사운드트랙 시스템을 갖추었다. 그리고 더 긴 장면들을 촬영할 수 있는 고기능 카메라를 구입해서 사용하기 시작했다.

뉴욕으로 온 뒤 위홀은 그야말로 미친 듯이 열정적으로 살았다.

"1950년대의 제 생활은 카드 작업, 수채화 작업, 그리고 카페에서 열리는 시 낭독회 방문 등으로 아주 정신없었죠."

워홀은 스스로 이렇게 표현할 만큼 그림 작업을 하고 사람들을 만나는 일로 하루하루를 바쁘게 살았다. 게다가 그는 아무리 바빠도 자신에게 들어오는 일을 거절하지 않았다.

"일이 이렇게 밀려 있는데도 왜 거절을 안 하니?"

어머니가 걱정이 되어 참견했지만, 그에게는 소용이 없었다. 그는 심지어 요리책 디자인까지 했다. 그 책이 바로 1959년에 인테리어 디자이너인 수지 프랭크퍼트와 함께 만든 《와일드 라즈베리》이다.

그토록 동경하던 뉴욕을 삶의 무대로 삼은 워홀은 자신의 예상보다 훨씬 빨리 뉴욕 생활에 적응해갔다. 그뿐만 아니라 그는 성공을 향해 더 높이, 더 높이 올라가기 시작했다.

대중문화의 수도
뉴욕

예술가의 심장이 뛰는 곳

위홀이 활동했을 즈음의 뉴욕은 문화의 수도, 예술의 도시라고 부를 만큼 문화와 예술 활동이 매우 활발한 도시로 탈바꿈하고 있었다.

뉴욕이 문화·예술의 도시로 성장하게 된 배경에는 제2차 세계대전을 전후로 이곳에 유럽의 예술적 대가들이 많이 이주해왔기 때문이라는 시각이 많다. 왜냐하면 유럽에서는 제2차 세계대전을 전후해 급속히 세력을 키운 사회주의 정부가 이념이 맞지 않는 예술가들을 탄압했기 때문이다.

유럽의 수많은 아방가르드avant-garde(전위예술) 예술가들은 자기 나라에서 마음껏 예술 활동을 할 수 없게 되자, 좀 더 활동하기 편한 미국으로 와서 그들의 예술적 열정을 꽃피웠다. 이들이 주로 뉴욕에 정착해서 활동했는데, 그들 중 막스 에른스트, 마르셀 뒤샹, 마르크 샤갈, 이브 탕기 등이 미국의 모던 아트(현대 미술)에 큰 영향을 끼친 것이다.

한편으론 유럽의 예술가들이 미국의 추상표현주의로부터 영향을 받은 것도 사실이다. 그 당시 잭슨 폴록, 윌렘 드 쿠닝, 마크 로스코 같은 젊은 화가들이 미국을 대표하는 예술가로 거론되었으며, 뉴욕 스쿨 1세들의 추상표현주의는 자랑스러운 미국의 모던 아트로서 유럽에까지 알려졌다. 이러한 현상은 많은 예술가 지망생들이 뉴욕에 와서 활동하고 싶어지는 이유가 되었고, 워홀도 예외는 아니었다.

1960년대의 미국 영화는 세계 전역으로 보급되면서 큰 인기를 누리고 있었고(물론 영화 제작은 뉴욕이 아니라 할리우드가 맡고 있었음), 대중음악도 미국이 세계 시장을 휘어잡는 시대였다. 엘비스 프레슬리라는 세기의 대스타만 생각해도 그 위상을 알 수 있다. 이렇듯 1960년대는 미국의 예술이 장르별로 정점에 이른 시기였다.

영화를 제작하는 도시는 할리우드였지만 뉴욕 맨해튼에는 1910년대에 이미 34개의 극장들이 타임스 스퀘어 주변에 있었고, 1929~1930년에는 71개의 극장들이 있었다. 또한 브로드웨이는 매년 수십 편의 연극과 뮤지컬을 만들어내 1920년대에 이미 한 해에 200편까지 공연이 이루어졌다. 이러한 영화와 연극의 주요 관객층은 부유층이 아니라 중산층이었다.

게다가 뉴욕은 일찌감치 저널리즘이 발전한 곳이었다. 그 이유는 우선 세계 곳곳에서 몰려온 이민자 단체들이 자신들의 언어로 뉴스를 전하기 위해 신문을 만들었기 때문이다. 신문과 함께 당연히 온갖 종류의 잡지도 발간되어 뉴욕은 잡지의 메카가 되기도 했다.

그중 세계적으로 유명한 미국의 주요 잡지들을 만들어낸 헨리 루스가 1923년에 주간지 《타임》과 격주간으로 발간되는 경제잡지 《포춘》, 그리고 주간지 《라이프》를 창간해 뉴욕을 포토저널리즘이 발달한 도시로 만들었다. 뿐만 아니라 월간지 《리더스 다이제스트》가 만들어진 곳도 뉴욕이다. 이 잡지는 새롭게 등장한 중산층의 문화를 대변하는 상징이 되었다.

예술혼의 발전소, 그리니치빌리지

뉴욕의 여러 지역들 중에서 예술가들이 모여 생활하면서 문화 반란의 중심이 된 곳이 있는데, 그곳이 바로 그리니치빌리지이다. 이곳에는 카페와 찻집, 화랑, 극장, 서점 등이 줄지어서 있었고, 많은 예술가들이 이곳을 좋아해 하나둘씩 모여 살기 시작했다. 전위예술가, 화가, 작가, 사회주의자, 페미니스트, 동성연애자, 자유연애자 등 기성 체제에 반대하는 사람들이 그리니치빌리지에서 어울리며 한데 뭉친 것이다.

1900년의 뉴욕 미술계는 풍경화나 신고전주의, 그리고 인상주의 화풍이 주를 이루었는데, 그리니치빌리지에 사는 예술가들은 그에 대한 반발로 두 가지 모더니즘 사조를 만들어냈다. 그중 하나는 사실주의로, 한 그룹의 필라델피아 화가들이 미술이론가인 로버트 헨리 주위로 모여들어 뉴욕에 정착하면서 자신들만의 표현을 하기 시작했다.

헨리는 새로운 화풍의 그림들을 무시하며 전시해주지 않는 보수적인 미술계에 항의하면서 자신을 따르는 화가들의 작품을 따로 전시했다. 헨리와 그를 중심으로 모인 화가들은 '애시캔Ash Can'(일명 쓰레기통파)이라는 별명이 붙을 정도였다.

그러나 이들은 당시의 아카데미즘에 반발해 뉴욕의 소음과 악취, 도시와 뉴요커들의 적나라한 현실을 자신들의 방법으로 표현하려고 노력했다.

또 다른 사조는 반추상과 입체파였다. 그들은 사진작가 앨프레드 스티글리츠와 그의 291화랑 덕분에 앙리 마티스를 발견했으며, 입체파의 화풍을 자신들의 작품에서 표현했다.

이와 같은 새로운 시도들로 뉴욕 미술계는 점점 기존의 화풍에서 해방되어갔다. 그리고 모던 아트가 뉴욕에서 자리 잡아가기 시작했다. 뉴욕 미술계에서 모던 아트가 자리를 잡을 수 있도록 하는 데 중요한 역할을 한 사람은 바로 거트루드 밴더빌트 휘트니이다.

상류층에서 태어난 휘트니는 조각가가 되기로 결심하고, 1907년에 그리니치빌리지에 작업장을 마련했다. 그 후 자신의 예술 작업을 하는 동시에, 모던 아트가 자리 잡을 수 있도록 재산을 투자하는 미술 후원자이자 수집가가 되었다.

그녀가 수집한 6,000여 점의 작품들 중에는 로이 리히텐슈타인, 짐 다인, 앤디 워홀, 재스터 존스 등 모던 아트에서 중요한 위치를 차지하는 미국 예술가들의 작품들이 많이 포함되어 있다.

뉴욕에 도착한 위홀이 주로 활동한 곳은 맨해튼 지역으로, 이곳을 '더 시티'라고 불렀다. 그리고 그가 거처로 정한 곳은 로어 이스트 사이드였는데, 이곳은 그 당시 대안 문화alternative culture의 중심지였다. 이곳은 집세가 쌌는데, 신기하게도 그런 경제적 가치와는 다르게 창의적 분위기가 넘치는 곳이 었다. 후에 이 지역을 그리니치빌리지처럼 이스트빌리지라고 불렀다.

1961년은 뉴욕에서 뛰어난 예술적 성취를 이룬 해였다. 짐 다인이 마사 잭슨 화랑에서 아상블라주assemblage(폐품이나 일용품을 비롯해 여러 물체를 한데 모아 미술 작품을 제작하는 기법 및 그 작품. 콜라주가 평면적인 데 반해 아상블라주는 3차원적이다) 작품을 전시했고, 톰 웨슬먼의 〈그레이트 아메리칸 누드〉가 타나제 화랑에 전시되었다. 또 클래스 올덴버그는 자신의 작업실에 아주 크게 만든 생활소품들을 전시했으며, 로이 리히텐슈타인은 만화 장면을 이용한 작품을 전시했다.

이러한 모든 활동들을 의미하는 용어가 '팝'으로, '팝'은 터진다는 의미 외에 '인기 있다'는 뜻도 있다.

1960년대 뉴욕에는 건설 붐이 일었고, 많은 내외국 투자가들로 인해 맨해튼에는 고층 건물들이 들어섰다. 또 1964년에는 스태튼 섬과 브루클린을 잇는 베라자노 내로스 다리가 만들어졌다.

그런데 1970년대에 닥친 두 번의 유류 파동(오일 쇼크)으로 시민들이 경제적으로 큰 어려움을 겪으면서 중산층들은 도심을 떠나 외곽으로 이사를 갔다. 그 바람에 맨해튼에는 텅 빈 건물과 공장이 늘어갔고, 그 자리를 예술가들이 차지했다. 그들은 탁 트이고 넓은 작업 공간이 필요했는데, 빈 건물과 공장이 그런 조건을 충분히 갖추었기 때문이다. 워홀 역시 동료들과 함께 주인이 떠난 공장에 작업실을 꾸몄다.

뉴욕의 또 다른 얼굴은 '금융 도시'이지만, 그래도 오랫동안 유지했던 '문화의 수도'라는 명성은 지금도 유효하다. 그래서 성공을 꿈꾸는 예술가들은 지금도 역시 뉴욕으로 가는 것이다. 워홀이 그랬던 것처럼.

상업예술가로
성공하다

밀려드는 일거리

뉴욕에 온 워홀은 상업 디자이너로 빠르게 성공해나갔다. 잡지 《글래머》뿐만 아니라 백화점, 그리고 '타이버 프레스 레코드' 회사를 위한 드로잉과 그림도 그렸다.

또 《댄스 매거진》의 표지, 《보그》와 《하퍼스바자》 등의 삽화를 그렸으며, 아이 밀러사, 티파니사와도 일했다. 이들은 모두 유명한 회사였으며, 특히 보석상인 티파니사와는 1960년까지 계속 일했다.

1950년부터 워홀의 매니저 역할을 하고 있던 프리지 밀러는 작업 의뢰가 들어올 때마다 그에게 물었다.

"이거 작업량이 너무 많은데, 다 할 수 있겠어요?"

그럴 때마다 워홀은 어깨를 으쓱하며 묘한 표정을 지었다. 그리고 그 많은 작업들을 빠르게 다 해냈다.

그의 드로잉 기법은 '번지기 기법'이었다. 이 기법은 먼저 방수 용지에 연필로 그림을 그린 뒤 그 윤곽선을 따라 잉크로 다시 그리고, 잉크가 채 마르기 전에 흡수성이 있는 종이로 그 그림을 찍어내는 것이다.

이것은 뛰어난 기교는 아니었으나 효과가 좋았다. 마치 손으로 그린 것처럼 자연스러우면서도 약간 번져서 선이 불분명하거나 얼룩이 지기도 해서 강약의 효과가 있다. 워홀은 그렇게 찍어낸 그림에 화사한 파스텔 색조로 채색을 했다. 이처럼 찍어낸 다음 색을 칠하는 방법은 앞으로 그가 순수미술 작업을 할 때 사용하는 '실크스크린'이라는 방법과도 연결되는 것이었다.

1952년, 워홀이 스물네 살이 되던 해에 CBS라디오 프로그램 담당자로부터 연락이 왔다.

"우리 프로그램을 광고하는 포스터를 당신에게 의뢰하고

싶습니다."

그 프로그램은 마약과 범죄를 다룬 프로그램이었다.

"주제는 범죄 예방입니다."

워홀은 주제에 맞는 이미지를 생각하다가, 마약을 지나치게 복용하다 끝내 자살한 젊은 남자의 실제 모습을 포스터로 재현했다. 그는 이 포스터로 아트 디렉터 클럽Art Director's Club에서 주는 상을 받았다.

이렇게 그는 상업미술에서 자신의 자리를 빠른 속도로 만들어나갔다. 당연히 경제적인 성공도 거두었다.

첫 번째 상업미술 전시회

그 해 여름이었다. 소설책을 읽던 워홀이 상기된 표정으로 말했다.

"이 작가에게 반했어. 이 작가를 위해서 내가 그림을 그려야겠어."

워홀이 읽은 소설은 트루먼 커포티가 쓴《다른 목소리, 다른 방들》이었다. 워홀은 소설뿐만 아니라 소설책 표지에 실린 커포티의 사진을 보고 반했고, 그를 위한 드로잉을 그리기 시작했다.

"이 드로잉들을 전시하고 싶어. 그리고 주인공인 트루먼 커포티를 초대하고 싶어."

워홀은 상업미술계에서 빠르게 이름을 떨쳐나갔지만, 그때까지 전시회는 한 번도 열지 않았다. 이제 그는 커포티를 위해 그린 드로잉들을 그의 첫 전시회 작품들로 삼고 싶었다.

그는 커포티에게 자신의 마음을 담아 초대하는 글을 쓰고, 이것을 편지로 보냈다. 하지만 커포티에게서는 답장이 오지 않았다. 워홀은 전시회를 준비하는 동안에도 포기하지 않고 커포티에게 여러 통의 편지를 보냈다.

워홀은 드디어 1952년 6월 16일부터 7월 3일까지 뉴욕의 휴고 화랑에서 〈앤디 워홀 : 트루먼 커포티의 글에 기반을 둔 열다섯 개의 드로잉〉전을 개최했다. 그의 첫 번째 전시회였다.

하지만 전시회 오프닝에 초대되었던 커포티는 끝내 오지 않았다. 워홀은 몹시 실망했지만 어쩔 수가 없었다. 아무튼 상업미술에서 그의 위상은 날로 높아갔고, 그의 재능을 인정한 많은 사람들이 그에게 디자인을 의뢰했다.

워홀이 한 많은 작업들 중에서 특히 '구두 드로잉'은 그의

to Kathryne Hays From Andy Warhol

워홀의 많은 작업 중 구두 드로잉은 그의 아메리칸 드림을 이루게 하는 데 큰 역할을 했다.

아메리칸 드림을 이루게 하는 데 큰 역할을 했다. 특히 아이 밀러사의 구두 광고 그림들은 드로잉의 기교를 충분히 과시한 것들이었다.

두 번째 전시회 이후 명성이 높아지고

1954년, 워홀은 다시 한 번 상업 디자인 분야에서 상을 받아 로프트 화랑에서 두 번째 개인전을 개최했다. 그리고 다음 해, 랠프 포머로이가 글을 쓰고 워홀이 기발한 구두 삽화를 그린 《잃어버린 구두를 찾아서》라는 책이 출판되었다. 이제 앤디 워홀이 걸어갈 상업미술가로서의 길은 그야말로 탄탄대로였다.

워홀은 상업미술이 순수미술에서 파생된 것임을 잘 알았기 때문에 순수미술에서 느끼는 고상한 감각을 상업미술에서도 느낄 수 있도록 선의 유용함을 적절하게 활용했다. 그가 지닌 이런 탁월한 감각은 그가 디자인한 아이 밀러사의 구두 광고에 잘 나타났고, 이 광고가 《뉴욕타임스》에 실리면서 더욱 유명해졌다.

1956년에 워홀은 그 광고의 디자인으로 상업미술가 클럽에서 주는 상을 받았다. 그리고 그 다음해에는 아트 디렉터 클럽으로부터 메달도 수상했다. 뿐만 아니라 아이 밀러사의 광고 하나로 일 년에 5만 달러를 버는 등, 그의 한 해 총수입이 10만 달러를 넘었다. 그 당시에 10만 달러라면 어마어마한 액수였다.

그만큼 그는 많은 일을 멋진 솜씨로 해냈으며, 혼자서는 감당할 수 없는 양이어서 조수들을 고용해야 했다. 또 어머니까지 워홀의 사업을 도왔다.

그렇게 바쁘게 지내던 어느 날, 다른 날과 마찬가지로 아침 일찍부터 정신없이 일을 하고 있는데 오랜만에 필립 펄스타인에게서 전화가 걸려왔다. 워홀은 한 손으로 드로잉을 계속 그리면서 전화를 받았다.

"《라이프》지에서 자네의 드로잉을 소개한 것을 봤네. 이제 광고 디자인 분야에서 자네를 뛰어넘을 사람은 없겠어. 뉴욕에 올 때 가슴에 품었던 꿈을 이뤘군 그래."

"꿈이라……."

워홀은 펄스타인의 말을 따라 했다.

"자네는 능력을 마음껏 펼치면서 유명해지고 싶어 했잖

아. 《라이프》가 어떤 잡지야? 최고의 잡지 아냐! 그 잡지에 실렸다는 것은 성공했다는 뜻이야.”

펄스타인의 말처럼 《라이프》는 독자가 무려 500만 명이나 되는 유명한 잡지였고, 그 잡지에서 워홀의 드로잉을 소개함으로써 그의 이름은 더욱 널리 알려졌다. 하지만 워홀은 펄스타인의 말에 대꾸하지 않고 그저 듣기만 했다.

상업미술가로서 명성이 높아지고 경제적으로 성공을 했는데도 워홀의 마음은 어딘지 모르게 비어 있는 느낌이 들었다. 하루하루가 언제 지나갔는지도 모를 만큼 바빴지만, 잠들 때가 되면 공허한 기분이 들었다. 그 이유를 워홀 자신은 알고 있었다. 그것은 순수미술에 대한 갈망 때문이었다.

예술을 하는 사람이라면 누구나 동경하는 뉴욕으로 오면서 그는 유명해지고 싶다는 욕망을 갖고 있었다. 상업미술 분야에서 성공함으로써 꿈을 이룬 것은 분명하지만, 상업미술가로 유명해질수록 내면 깊은 곳에서는 점점 더 순수미술에 대한 갈증이 생겨났다.

그런 욕구를 간직한 채 워홀은 자신만의 방법으로 그 갈증을 해소할 기회를 기다리고 있었다. 그리고 순수미술에 대한 자신감도 어느 정도 있었다. 사실 첫 번째 전시회였던 〈앤디

위홀 : 트루먼 커포티의 글에 기반을 둔 열다섯 개의 드로잉〉 전에 대해 제임스 피츠시몬스라는 평론가가 호평을 해준 것이 자신감을 갖는 데 큰 힘이 되었다.

"앤디 워홀의 작품에 나타난 사람들의 연약한 모습은 오브리 비어즐리, 앙리 드 툴루즈 로트레크, 찰스 데머스, 발튀스, 그리고 장 콕토를 상기하게 한다. 그의 그림들에는 지나친 세심함과 빙퉁그러짐이 있으며……."

《아트 다이제스트》라는 잡지에 실린 이 논평은 상업미술에 대한 평으로는 지나칠 만큼 좋았고, 순수미술이라고 해도 괜찮은 평이었다. 워홀은 이 평론가의 표현이 대단히 만족스러웠다. 이러한 평가를 통해서 자신이 순수미술로도 성공할 수 있으리라는 자신감을 얻게 된 것이다.

Andy
Warhol

3장

상업미술과 순수미술의 벽을 허물다

Andy
Warhol

농담 같은
그림

순수미술에 대한 마음속의 열망

순수미술에 대한 워홀의 열망이 본격적으로 타오르기 시작한
것은 1950년대 중반부터였다. 상업미술로 성공을 할수록 그
열망이 더욱 커지자, 그는 상업미술을 하면서 꾸준히 순수미
술 작업을 병행했다. 상업미술 작업실 옆에 순수미술을 위한
스튜디오를 가지고 있었다는 점에서도 그 사실을 알 수 있다.

1956년 봄, 순수미술로도 이름을 알리고 싶어 이런저런
노력을 하던 중에 친구인 찰스 리산비가 워홀에게 세계 일주

여행에 대한 이야기를 꺼냈다.

"이번에 세계 일주를 해볼까 해. 세계를 돌아다니다 보면 많은 영감을 얻을 수 있고 새로운 아이디어도 생겨날 거야. 어때? 같이 가지 않겠어?"

리산비는 텔레비전 세트 디자이너였다.

"세계 일주? 좋아! 같이 가자."

그렇지 않아도 삶의 새로운 활력이 필요하다고 생각하던 워홀은 그 자리에서 바로 여행에 동행할 것을 결정했다.

그해 6월, 두 사람은 배를 타고 샌프란시스코 항구를 출발했다. 그들이 먼저 여행한 곳은 아시아 지역으로 일본, 홍콩, 인도네시아와 아시아 남동쪽이었다. 그런데 리산비가 병이 나는 바람에 인도에서 비행기를 타고 로마로 향했다. 로마에 갔으니 르네상스 대가들의 작품을 보지 않을 수 없었다. 두 사람은 티치아노와 보티첼리의 그림을 보았고, 그로 인해 순수미술에 대한 워홀의 열망이 더욱 깊어졌다.

하지만 순수미술에 대한 열망을 직접적으로 자극한 것은 고전미술이 아니라 그 당시 순수미술계의 젊은 스타들이 누리는 자유와 명성이었다. 워홀은 비록 상업적 드로잉으로 명예와 부를 얻었지만, 그것이 자신을 만족시킬 수 있는 진정한 의미의 명예는 아니라는 것을 잘 알고 있었다. 그는 스스로 마음 깊이 만족할 수 있는, 그러면서도 많은 사람들이 우러러 보는 존재가 되고 싶었던 것이다.

그러한 위홀의 심정을 대변하기라도 하듯이 함께 여행하던 리산비가 물었다.

"넌 앞으로 무엇이 되기를 바라지?"

"난…… 마티스가 되고 싶어."

위홀은 이렇게 대답했다. 그가 마티스가 되고 싶다고 말한 것은 마티스의 화풍이나 미학을 닮고 싶다는 뜻이 아니라, 단지 순수미술계에서 마티스가 지니는 명성을 자신도 갖고 싶다는 뜻이었다.

사실 위홀은 여행을 가기 전인 2월에 순수미술계에 발을 들여놓기 위해 보들리 화랑에서 〈어린이 책을 위한 앤디 위홀의 드로잉〉이라는 제목의 개인전을 가졌다. 그리고 4월에는 그룹전인 〈미국 최근 드로잉〉전에도 참가하면서 뉴욕 현대미술관 '모마MoMA'에 자신의 작품을 전시하는 기쁨을 누리기도 했다. 이 일은 상업미술과 순수미술의 경계선을 마치 그의 드로잉 기법인 번지기 기법처럼 자연스럽게 지우는 첫걸음이었다고 할 수 있다.

그리고 여행에서 돌아온 뒤 12월에 위홀은 다시 보들리 화랑에서 개인전을 가졌다. 모두 순수미술을 향한 단계적이고도 용의주도한 발걸음이었다.

상업미술의 성공을 과감히 접다

1960년 초에 위홀은 확고한 결심을 했다. 상업적 드로잉을 그만두고 순수미술을 하기로 마음먹은 것이다. 위홀은 추상표현주의에 도전하면서 명성을 얻고 있던 젊은 미술계 스타 재스퍼 존스와 로버트 라우센버그의 작품을 직접 사기도 했다.

그들은 위홀의 순수미술에 대한 열정을 확인시켜주는 미술가였다. 위홀은 그들과 친분을 쌓으면서 순수미술가가 되겠다는 목표를 더욱 분명하게 세웠던 것이다.

이렇게 꾸준히 순수미술을 향해 한 걸음씩 다가가고 있던 시기에 위홀에게 힘이 되어준 고마운 사람이 있었다. 바로 에밀드 안토니오였다. 위홀은 안토니오를 '디'라는 애칭으로만 불렀다. 위홀이 디를 어떻게 생각했는지는 그의 자서전《파피즘 : 워홀의 60년대》를 통해 밝힌 적이 있다.

　　나는 디의 말을 듣기를 좋아했는데, 그는 말을 잘했고 깊이 있는 말을 했으며 알아들을 수 있도록 명료하게 말했다. 그는 버지니아 주에 있는 윌리엄메리 대학에서 철학을 가르친 적이 있고, 뉴욕 시티 칼리지에서는 문학을 가르치기도 했다. 그의 말을 듣고 있노라면 인생 문제에 대한 답을 듣는 것만 같았다. 우리는 만나면 술을 마셨는데, 디의 주량이 센 편이기 때문에 함께 술을 마시며 많은 시간을 보냈다.

　　워홀은 디를 믿고 존경했다. 그렇기 때문에 순수미술을 향한 자신의 행보에 대해 디가 충고하거나 조언해주는 것을 진심으로 받아들였다. 그래서 그림을 그리면 디에게 보여주고 싶어 했고 그의 의견을 듣고 싶어 했다.

　　'디의 지성적인 의견을 받아들이면 순수미술로 진출하는 데 도움이 될 거야.'

　　워홀이 그림을 보여주면, 디는 "어떻게 이런 그림을 그릴 수 있지?"라고 탄복하며 격려를 해주었다. 때로 워홀이 보여준 그림이 마음에 들지 않으면, 디는 이렇게 말했다.

　　"이 그림은 전혀 새롭지 않아."

위홀은 솔직하게 말해주는 디의 이런 점을 좋아했고, 그의 안목과 지성을 믿었다. 그래서 그의 조언을 고스란히 받아들일 수 있었다. 결과적으로 보면 위홀의 그림을 가장 먼저, 그리고 정확하게 이해한 사람이 바로 디였던 것이다.

1950년 중반의 어느 날이었다.

디가 위홀을 방문했다.

"위스키?"

언제나 그랬듯이 위홀은 디에게 위스키를 따라주었다. 그리고 작업실에 가서 막 완성한 두 점의 그림을 가져와 디가 잘 볼 수 있도록 벽에 기대어놓았다. 그림을 보여줄 때 위홀은 디가 입을 열 때까지 절대 먼저 말하지 않았다.

두 점의 그림은 모두 가로, 세로가 91×183센티미터 크기로, 하나는 추상표현주의 회화 방법을 사용해 코카콜라 병을 연속적으로 그린 것이었으며, 나머지 하나는 흰색과 검정색만으로 코카콜라 병의 윤곽선만 묘사한 그림이었다.

디는 한동안 말없이 천천히 위스키를 마시면서 그림을 바라보았다. 그리고 남은 위스키를 입에 털어넣은 뒤 이렇게 말했다.

"이봐, 앤디! 이 그림은 개똥 같아. 여러 요소들이 한데 섞여 있어서 보잘것없어. 저건 괜찮은 것 같은데, 우리가 살고 있는 사회 같고 우리 자신 같기도 하고, 아름답고 적나라해 보여. 그러니 이건 갖다버리고, 저건 출품하도록 해."

디가 칭찬한 흑백의 코카콜라 병 그림은 나중에 팝아트의 선구적인 역할을 한 그림이 되었다. 이처럼 자신의 느낌을 솔직하게 말해주면서 미학적인 측면에서 워홀을 돕는 역할을 한 디는 1950년대에 예술품을 사고파는 일을 했고, 1960년대에는 직접 예술 활동을 하기도 했다.

'코카콜라 병'을 선택한 예술철학

순수미술을 하겠다고 결심한 워홀이 코카콜라 병을 그림의 소재로 삼았다는 것은 그의 특별한 예술철학을 엿볼 수 있게 해준다. 비록 상업미술보다는 순수미술에서 유명해지고 싶다는 욕망을 가지고 있었지만, 그는 예술을 고상하거나 특별한 사람들에게 제한적으로 허용되는 세계로 생각하지 않았다.

코카콜라 병을 그렸다는 것은 어떻게 보면 이전에 워홀이 했던 광고 작업처럼 보일 수 있다. 하지만 그는 순수미술의

〈5개의 코카콜라 병〉(1962). 워홀은 누구나 마실 수 있는 코카콜라 병을 예술의 세계로 끌어들이면서 상업미술과 순수미술의 경계를 허물고 싶었으며, 특정 계층 사람들만이 아니라 대중들에게도 예술의 세계를 열어보이고 싶었다.

소재로 코카콜라 병을 택했다. 그는 부자든 가난한 사람이든 누구나 마실 수 있는 코카콜라 병을 예술의 세계로 끌어들이면서 상업미술과 순수미술의 경계선을 허물고 싶었다. 또한 특정 계층의 사람들뿐만이 아니라 대중에게도 예술의 세계를 열어 보이고 싶었던 것이다.

위홀은 이후로도 코카콜라 병을 소재로 많은 작품을 만들었는데, 자신이 콜라 병을 소재로 삼은 이유에 대해 이렇게 말했다.

"이 나라 미국의 위대한 점은, 가장 부유한 소비자들도 본질적으로는 가장 가난한 소비자들과 똑같은 것을 소비하는 전통을 세웠다는 점이다. 텔레비전 광고에 등장하는 코카콜라는 엘리자베스 테일러도 미국 대통령도 마신다는 것을 알 수 있으며, 당신들도 마찬가지로 콜라를 마실 수 있다. 콜라는 그저 콜라일 뿐, 아무리 큰돈을 준다 하더라도 길모퉁이에서 건달이 빨아대고 있는 콜라보다 더 좋은 콜라를 살 수는 없다. 유통되는 콜라는 모두 똑같다."

사실 위홀이 코카콜라 병을 그릴 당시만 해도 '팝아트'라는 개념이 분명하지 않을 때였다. 그래서 사람들은 위홀이 그린 콜라 병 그림을 장난쯤으로 여기며 비웃었다. 하지만 디는 위홀의 표현을 전혀 장난으로 받아들이지 않았다. 왜냐하면 디는 일반 대중의 삶이 순수미술의 세계에 포함되어야 한다는 진보적인 사고를 가지고 있었기 때문이다. 따라서 위홀은 자신의 그림을 이해하고 미학적으로 조언을 해주는 디로부터 격려와 진정한 비판을 받으며 순수미술가로 거듭나려는 노력을 계속할 수 있었다.

다른 화가들과 차별되는
새로운 그림을 그릴 거야

내가 미치려면 무조건 새로워야 해

워홀이 순수미술 작업을 하면서 가장 신경을 쓴 부분은 미학적 측면이 아니었다. 그것은 자신의 그림이 얼마나 '새로운' 것인가 하는 점이었다. 특히 자신의 그림이 다른 사람의 그림과 비슷한 것을 싫어했다.

　그는 동시대의 여느 화가들과 차별되는 새로운 그림을 그리기 위해 부단히 노력했다. 그러기 위해 화랑을 자주 방문해 다른 사람들의 그림을 부지런히 보고, 그것들과 다른 그림을 그리려는 시도를 끊임없이 했다. 미학적 측면보다는 새로운 소재와 새로운 접근 방법을 중요하게 여기며 순수미술가로서의 모습을 갖춰나가고자 한 것이다.

1960년대 초에 자유방임주의가 시작되고, 그와 함께 '헤비 록 그룹'이 나타남으로써 세상은 조금 더 시끌벅적해졌다. 동시에 언더그라운드에서 활동하던 비트, 히피, 펑크 문화가 서서히 사회 전반에 등장하기 시작했다.

이러한 변화 속에서 워홀은 순수미술가로서 자신의 입지를 만들어가려고 최선을 다했다. 재스퍼 존스와 로버트 라우센버그가 미술계에서 이름을 떨칠 즈음, 워홀의 이름은 상업미술에서와는 달리 순수미술계에서는 낯선 이름이었다. 대놓고 말을 하지는 않았지만 누구보다 유명해지는 것을 바랐던 워홀로서는 자신도 두 사람처럼 예술가로 인정받기를 간절히 바랐다.

사실 그가 상업미술에서 성공해 대스타가 될 수 있었던 것은 단지 그의 재능 때문만은 아니었다. 작업실에 틀어박혀 의뢰받은 일만 작업했다면 그렇게 성공할 수 없었을 것이다. 그는 작품을 만드는 일 외에 사회적으로 인정받기 위해 많은 노력을 했고, 그런 노력의 결과 때문에 성공할 수 있었다. 사람들을 많이 만나고, 그들과 관계를 맺는 것이 바로 그런 노력들 중 하나였다.

위홀은 순수미술을 하겠다고 결심한 뒤에도 같은 노력을 기울였다. 화가나 갤러리스트들을 포함해 많은 예술가들을 만나면서 자신을 알리는 데 주력했다.

그런데 그가 화랑들을 자주 방문해 최근의 그림들을 살펴본 이유는, 단지 인맥을 쌓기 위해서만은 아니었다. 그는 화랑에 전시된 그림들 중에 자신이 그리고 있거나 구상하고 있는 그림과 비슷한 것이 있는지 살폈다. 다른 사람들과 비슷한 그림은 그리고 싶지 않았기 때문이다. 그의 화두는 '어떻게 하면 신선한 충격을 주는 그림을 그릴 수 있을까?'였다.

리히텐슈타인을 뛰어넘고 싶어

어느 날, 화랑 순례를 함께 다니던 절친한 테드 캐리가 위홀에게 전화를 걸었다.

"내가 조금 전에 카스텔리 화랑에 갔다 왔어. 그런데 그곳에서 만화 같은 그림을 봤는데, 자네가 요즘 그리고 있는 것과 비슷해. 한번 가서 봐봐."

"그래? 한번 가봐야겠군. 자네도 나와 함께 다시 가보자."

워홀은 캐리를 만나서 카스텔리 화랑으로 함께 갔다. 정말 캐리의 말대로 워홀이 그리고 있는 그림과 비슷했다. 워홀은 그즈음에 만화 장면을 그대로 그림으로 그리고 있었는데, 화랑에 있는 그 그림도 만화를 소재로 한 것이었다. 로켓에 사내가 타고 있고, 배경으로 소녀를 그려놓은 그림이었다.

"로이 리히텐슈타인?"

워홀은 그림 밑에 씌어 있는 화가의 이름을 소리 내어 읽었다.

그는 이미 알고 있는 존슨의 〈전구〉 그림을 사기 위해 화랑 책임자인 이반 캅을 만났다. 워홀은 그림값을 흥정해 475달러를 지불한 뒤, 이반에게 물었다.

"요즘 화랑 측이 특별히 관심을 가지고 있는 작품이 있나요?"

그러자 이반은 그에게 리히텐슈타인의 그림을 한 점 보여주었다. 그것은 소녀가 비치볼을 머리에 이고 있는 그림이었다.

그림을 본 워홀이 이반에게 말했다.

"아, 나도 요즘 이런 그림을 그리고 있어요!"

"그래요? 내가 한번 보고 싶군요. 당신 화실을 찾아가도 될까요?"

위홀은 이반의 제안에 바로 응했다. 그러자 이반은 오후에 그의 화실로 찾아가겠다고 말했고, 위홀은 서둘러 집으로 돌아갔다. 그리고 화실 여기저기에 널려 있는 상업용 그림들을 치웠다.

'난 이반에 대해 아는 게 없어. 이런 상업용 그림들을 보면 그가 무슨 생각을 할까? 괜히 안 좋은 인상을 갖게 되면 안 되지.'

이반은 약속한 대로 오후 늦게 위홀의 화실로 찾아왔다. 그리고 15분 정도 위홀의 그림들을 본 다음 말했다.

"이 그림들은 퉁명스럽고 직선적이지만 어떤 결론을 가지고 있군요. 그런데 다른 것들은 추상표현주의 그림들과 비슷하고, 결론도 없는 그림들이네요."

위홀은 이반의 말에 얼굴이 붉어졌다. 하지만 그런 말을 듣고 싶지 않은 것은 아니었다. 순수미술에서 성공하자면 유명한 화랑 측의 말을 받아들일 수 있어야 하고, 화랑 사람들과 좋은 관계를 맺어나가야 한다는 것을 본능적으로 알고 있었기 때문이다.

"제가 너무 건방지게 말했나요?"

"아뇨. 느낀 대로 말씀하신 것이고 제게 도움이 되는 말이지요. 제가 뭐 좀 여쭤봐도 될까요?"

"네! 뭐든지."

이반이 활짝 웃으며 대답했다. 그의 표정에 용기를 낸 워홀이 물었다.

"요즘 잘나가는 예술가들의 동향에 대해 알고 싶어요. 특히 리히텐슈타인에 대해서 알고 싶네요. 그는 어떤 사람인가요?"

워홀이 이렇게 질문한 이유는 욕망과 경쟁심 때문이었다. 순수미술에서 성공하고 싶다는 욕망과 다른 화가들에게 뒤지고 싶지 않다는 경쟁심, 그리고 자신도 리히텐슈타인처럼 카스텔리 화랑에서 전시회를 하고 싶었기 때문이다. 이반은 그에게 리히텐슈타인에 대해 아는 대로 몇 가지를 이야기해주었다.

그러자 워홀이 이반에게 말했다.

"이제 전 만화를 주제로 한 그림을 그리지 않겠어요. 이미 누군가 그리고 있다면 제가 그릴 이유가 없지요."

최고의 전문가들을 친구로 삼다

이반과 워홀은 그날 많은 대화를 나누었고, 내친김에 친구가 되기로 했다. 워홀은 자신에게 필요한 사람들로부터 호감을 얻는 데 재주가 있었다. 말수가 적은 워홀에게서 사람들은 오히려 매력과 호감을 갖는 편이었다.

"이제 내가 당신을 돕겠어요. 당신의 개성 있고 독특한 그림들이 미래의 미국 회화라는 생각이 들어요. 우리는 이제 친구가 되는 겁니다. 하하!"

많은 대화를 나눈 뒤에 이반은 자리에서 일어나며 말했다.

"당신의 작품 〈작은 낸시〉를 포장해서 우리 화랑으로 보내봐요."

이반은 친구가 되어 워홀을 돕겠다는 약속을 지키기 위해 화랑 주인인 카스텔리에게 그에 대한 이야기를 했다. 그리고 어느 날, 이반은 카스텔리와 함께 그의 화실로 찾아왔다.

카스텔리는 워홀의 그림들 중 〈딕 트레이시〉와 〈성형수술〉을 본 뒤에 긴 숨을 내쉬었다. 그리고 난처한 표정을 지었다.

"안타깝게도 시기가 안 좋군요. 이제 막 리히텐슈타인을 우리 화랑에 전속시켰는데, 당신 그림을 함께 소개한다면 두 사람이 충돌하고 말 것이오. 음…… 다른 화랑을 소개해주겠소."

카스텔리는 이렇게 말하고 워홀의 그림 한 점을 산 뒤에 화실을 떠났다. 워홀은 몹시 안타까웠다. 상업미술에서는 성공했지만 순수미술에서는 거의 알려지지 않았던 그로서는 카스텔리의 화랑에서 그림을 꼭 전시하고 싶었다. 그러면 금방 유명해질 수 있을 것이라는 믿음이 있었기 때문이다. 그런데 리히텐슈타인과 워홀의 그림을 함께 전시할 수 없다니……. 워홀은 그의 말에 크게 실망했다.

이반은 워홀의 소원대로 카스텔리의 화랑에 전시하는 것을 도와주지는 못했지만, 워홀에게 평생 좋은 친구가 되어준 헨리 겔드잘러를 소개해주었다. 맨해튼에서 성장해 예일 대학교를 졸업하고 하버드 대학원까지 진학한 헨리는 이제 막 메트로폴리탄 미술관에 취직을 한 사람이었다. 헨리와 워홀은 곧 친한 사이가 되었고, 헨리는 그의 작업실에 자주 찾아왔다.

"난 자네에게서 배운 게 많아. 몇 가지만이 아니라 모든 것들을 한꺼번에 수용하는 것을 배웠지."

헨리의 말에 워홀이 대답했다.

"나도 자네에게 많은 것을 배워. 특히 자네의 탁월한 평론은 그림을 그리는 데 큰 도움이 된다네."

워홀의 친구가 된 이반과 헨리는 미술계 사람들에게 워홀을 자랑하면서 그의 그림을 전시해줄 화랑을 찾았다. 하지만 쉽지는 않았다. 특히 워홀의 그림은 지금까지 봐왔던 그림들과 달랐고 전혀 새로운 것이었으므로 사람들에게 검증받지 못한 그림이라 할 수 있었다.

화랑 주인들은 그런 그림을 선뜻 전시하려고 하지 않았다. 그나마 카스텔리의 화랑만이 나중에 팝아트라고 부르는 작품들을 소개하는 유일한 화랑이었다.

하지만 카스텔리 화랑에선 이미 라우센버그, 존스, 리히텐슈타인을 후원하고 있었기 때문에 비슷한 화풍에 해당하는 워홀의 그림을 전시하는 것을 꺼려 했다. 남들과 비슷한 그림을 그리는 것을 아주 싫어하는 워홀은 자신이 이런 상황에 놓이게 될 거라곤 생각도 못 했다.

워홀은 친구들에게 이렇게 말했다.

"난 다른 화가가 나랑 비슷한 그림을 그리는지 몰랐어. 나역시 이미 누군가 만든 특정 소재를 따라한다는 소리를 듣고 싶지 않고 말야. 어느 분야든 후발 주자는 성공할 수가 없어.

이것은 미술계에서도 마찬가지지. 리히텐슈타인이 만화를 소재로 그림을 그린 것을 알았으니, 난 이제 만화 말고 다른 소재를 찾아낼 거야. 그렇지만 그와 비슷하다는 이유로 내 작품이 소개될 기회를 갖지 못하다니, 정말로 안타까워."

위홀은 다른 사람들이 그리지 않는 소재를 찾기 위해 더 많이 노력했다. 그러면서 사람들에게 무엇을 그리면 좋겠냐고 아이디어를 묻기도 했다. 그러한 과정을 통해 위홀은 자신만의 답을 찾아나가고 있었다.

'순수미술이라고 해서 정해진 답을 갖고 있지는 않아. 무엇을 그려야 할지는 내가 선택하는 거지. 지금까지와는 다른 그림을 그리고 말 거야. 반드시 순수미술가로 자리 잡고 말겠어.'

위홀은 순수미술을 향한 의지를 더욱 다져나갔다. 그는 오히려 감추고 싶어 했던 상업미술가로서의 경험을 활용해서 새로운 경향과 새로운 기법의 순수미술을 해나가기로 결심했다.

실크스크린으로
작업하다

무엇이든 남이 안 하는 기법을 원해

'위홀' 하면 떠오르는 것이 마릴린 먼로, 엘비스 프레슬리 등 스타들의 그림과 수프 통조림 그림, 코카콜라 병 그림 등이다. 이러한 그림들은 모두 실크스크린이라는 기법으로 만들어졌다.

위홀이 순수미술에 사용한 제작기법 중 가장 두드러지는 것은 마치 위홀의 전매특허처럼 여겨지는 실크스크린 기법이다. 이 기법은 그가 상업미술에 사용했던 번지기 기법에 그

뿌리를 두고 있다고 할 수 있다. 번지기 기법은 손으로 그린 그림 위에 다시 잉크를 묻혀 찍어내면 손으로 그린 선의 특성이 유지되면서 동시에 손으로 그린 것이 숨겨지는 기법이다.

워홀의 상업미술이 여느 상업미술과 차별을 보이며 성공할 수 있었던 것은, 이러한 번지기 기법으로 표현되는 신비한 효과가 큰 몫을 차지했다고 볼 수 있다. 누가 알려주거나 다른 사람이 만든 것을 모방한 것도 아니고, 스스로 독창적인 기법을 직관적으로 창조해낸 것이다.

순수미술에서도 마찬가지였다. 그는 '공장에서 제품을 찍어내듯이' 작업할 수 있는 실크스크린 기법을 발견하고 이것을 과감하게 자신의 작품을 만드는 데 활용했다. 실크스크린은 조직이 섬세한 천에 왁스나 니스를 발라 인쇄하는 방법으로, 작품의 소재를 살리면서도 사람들에게 작품을 강렬하고 새로운 이미지로 전달하는 데 적절한 방법이 되었다.

워홀이 실크스크린으로 처음 작업을 한 것은 1962년이었다. 사실상 이때부터 그는 순수미술로 이름을 알릴 수 있게 되었다. 실크스크린 기법은 손으로 그리는 과정을 거치지 않아도 되기 때문에, 워홀이 추상표현주의 영향에서 완전히 벗어날 수 있게 한 결정적인 수단이 되었다. 실크스크린으로 작업을 하면 기계적인 정확함과 익명성을 보장받을 수 있었다. 그것은 워홀이 생각해낸 새로운 작품 세계였다.

처음으로 실크스크린을 이용해 만든 작품은 〈돈〉이며, 나중에 작업한 것들처럼 사진 이미지를 이용한 것이 아니라 직접 손으로 그린 드로잉을 실크스크린으로 찍어낸 것이다. 워홀은 손으로 그린 드로잉을 실크스크린으로 찍어내다 보니 문득 이런 생각이 들었다.

'이렇게 일일이 손으로 그리지 않고 사진 이미지를 사용하면 더 많은 작품을 만들 수 있지 않을까?'

그렇게 해서 처음으로 사진 이미지를 실크스크린으로 찍어서 만든 작품이 〈야구〉다.

"왜 실크스크린 기법을 택했어요? 특별한 이유가 있나요?"

어느 날 워홀의 작품을 보고 누군가 이렇게 물어보았을 때, 그가 대답했다.

"실크스크린이 실용적이기 때문이죠. 사실 처음에는 손으로 그리려고 했다가 실크스크린으로 하는 것이 훨씬 쉽다는 것을 깨달았어요. 게다가 내가 색깔과 형태만 정해놓고 실크스크린을 사용하면 내 조수 중 누구라도 내가 만드는 것처럼 똑같이 만들어낼 수 있죠. 다시 말해 많은 작품을 한꺼번에, 그것도 아주 빠르게 만들 수 있다는 뜻입니다."

효율적이고 실용적인 방법이 필요해

유화는 느리고 힘들고, 시간이 많이 필요한 작업이다. 아무리 일상적인 소재를 다룬다고 해도 유화를 그리려면 일정한 과정을 거쳐야 한다. 그래서 하나의 작품을 만드는 데 많은 시간이 걸렸다. 게다가 유화는 현대적인 '팝'의 세계에서는 딱딱해 보이고 교양을 강조하는, 거추장스러운 형식으로 여겨졌다.

무언가 새로운 형식과 방법이 필요하던 시기에 실크스크린을 이용한 워홀의 표현 기법은 순수미술 분야에서 매우 새로운 방법이었다. 복잡하고 손이 많이 가는 유화와는 달리, 실크스크린을 이용하면 소재로 택한 이미지가 어떤 것이든 바로 그 표현을 옮길 수 있었다. 게다가 직접 손으로 그린 문양이 아니라 사진을 사용하면 작업과정이 훨씬 더 간편해졌다.

워홀은 실크스크린을 사용해 수많은 작품들을 만들어냈

다. 그의 작품이 미술계에 새롭게 받아들여지고 순수미술가로도 이름을 떨치게 된 이유는, 실크스크린이라는 사용 기법과 그가 선택한 소재들 때문이었다. 더구나 그 소재들은 특별하거나 개성이 강한 것이 아니라 그림을 보는 모든 사람들에게 잘 알려진 평범한 것들이었다.

그의 작품 소재가 된 것들은 코카콜라 병, 지폐, 수프 캔, 브릴로 상자 등 일상적인 소비품들과 뉴스나 신문 등에서 읽어낸 사건들이었다. 그리고 대중들이 좋아하는 마릴린 먼로, 엘비스 프레슬리, 엘리자베스 테일러 등의 연예계 스타들과 특별히 관심을 끄는 정치인들(마오쩌둥, 지미 카터, 레닌 등), 문화계 유명 인사들(프란츠 카프카, 요셉 보이스 등)도 그렸다. 또 꽃이나 소, 코끼리, 대머리 독수리와 유명한 그림 등 대중에게 잘 알려진 이미지들을 작품 소재로 삼았다.

대중적이고 일상적인 소재들을 공장에서 찍어내듯이 실크스크린으로 만들어냄으로써 워홀은 예술을 일반 대중의 삶 속으로 끌어들였다. 그것은 예술이 특별한 사람들만 누리는 것이라는 생각을 깨뜨렸다.

워홀은 작품의 소재나 주제뿐만 아니라 작품을 만들어내는 기법까지도 자신이 작품을 통해 보여주고자 하는 생각을 뒷받침하는 것으로 활용했다. 바로 이러한 점에서 워홀의 재능과 감각을 엿볼 수 있고, 그가 왜 대가가 되었는지 알 수 있게 해준다. 이런 이유 때문에 워홀이 택한 실크스크린 기법은 사람들에게 창의적이고 새로운 것으로 받아들여졌다.

《타임》과의 인터뷰에서 워홀은 실크스크린 기법을 택한 배경을 설명했다.

"그림은 너무 딱딱하다. 난 기계적인 것을 보여주고 싶었다. 기계는 문제가 적기 때문이다. 때로 나는 단순한 기계가 되고 싶은데, 당신은 그렇지 않은가?"

워홀은 《아트 뉴스》의 편집자이자 평론가인 스웬슨과의 인터뷰에서도 이렇게 말했다.

"내가 실크스크린을 이용해 그림을 그리는 이유는 기계가 되고 싶기 때문이다. 무엇을 하든지 기계처럼 하는 것이 바로 내가 하고 싶은 것이다."

기계가 되고 싶다는 워홀의 말은 '예술'과 '예술이 아닌 것'들의 경계, 순수예술과 상업예술의 경계를 허물고 싶다는 반어적 표현이 아니었을까.

Andy Warhol

흔해빠진
'수프 캔'을 그리다

순수미술을 하면서 '수프 캔'을 그리는 특별한 발상

"어머니, 캠벨 통조림을 가능한 한 많이 사오세요."

1961년 초, 워홀은 어머니에게 슈퍼에 가서 캠벨 수프 통조림을 사다줄 것을 부탁했다. 그것은 수프를 먹기 위해서가 아니었다.

그는 어머니가 사온 통조림 캔들을 죽 세워놓고 잉크, 템페라, 크레용, 유화물감 등을 사용해 캔버스에 그리기 시작했다.

워홀이 순수미술을 해야겠다고 결심한 후에 처음으로 그

리기 시작한 것은 만화였다. 하지만 리히텐슈타인이 먼저 만화 그림으로 화랑에서 전시를 하고 있었기 때문에 자신은 다른 것을 그리겠다고 마음먹었다.

'리히텐슈타인과 충돌할 필요는 없어. 누군가 그리고 있는 것을 그려봤자 성공하기 어렵지. 그럼, 난 무엇을 그릴까? 특별한 것보다는 우리가 살아가는 데 필요한 것들이나 주변에서 흔히 볼 수 있는 것을 그리고 싶은데, 뭐가 좋을까?'

무엇을 그릴지 고민하던 워홀은 사람들이 즐겨 먹는 수프 통조림을 그리기로 결심했다. 그리고 수프 통조림들 중에서도 캠벨사의 수프 통조림을 선택한 이유는, 이 통조림이 80퍼센트의 시장 점유율을 가지고 있었기 때문이다. 그러니까 캠벨 수프 통조림이 가장 대중적이어서 그것을 그리기로 결정한 것이다.

"내가 캠벨 수프 통조림을 그리고 있다는 것을 캠벨사에서 미리 알지 못하도록 비밀로 해야 해. 만약 그 회사에서 알게 되면 장삿속이 개입될 거고, 그러면 순수미술을 추구하는 내 의도가 흐려질 테니까 말야."

워홀은 자신의 화실을 들락거리는 조수들과 어머니에게 특별히 부탁했다. 자신이 캠벨 수프 통조림을 그리고 있다는 사실을 아무에게도 말하지 말아 달라는 거였다.

그렇게 캠벨 수프 통조림을 그린 지 일 년 정도 지난 1961년 말 무렵, 예술품 중개인인 앨런 스턴이 위홀의 화실에 찾아왔다. 그는 위홀이 그려놓은 수프 통조림 그림을 보고 한눈에 반했다.

사실 그는 이전에 위홀의 다른 그림을 보고, "추상표현주의 그림처럼 역동성이 없고 밋밋하다."라고 평가한 적이 있었다. 그렇지만 이번에는 "수프 통조림을 잔뜩 쌓아놓은 그림이 무척 훌륭하다. 한눈에 반했다."라고 말한 것이다. 그리고 수프 통조림 그림 몇 점을 자신의 화랑 창고에 넣어두고, 살 만한 사람들이 찾아올 때마다 그것을 보여주었다.

하지만 스턴은 개인전을 열고 싶어 하는 위홀에게 그룹전만 제안했을 뿐, 개인전에 대해서는 말도 꺼내지 않았다. 위홀은 순수미술로 전향한 지 2년이 다 되어가는데도 괜찮은 화랑에서 개인전을 열지 못해 몹시 답답했다.

그러던 중에 로스앤젤레스에 사는 어빙 블럼이라는 중개인이 위홀에게 첫 개인전을 열자고 제안했다. 물론 뉴욕이 아니라 로스앤젤레스에 있는 화랑에서다. 위홀은 블럼의 제안을 받아들일 수밖에 없었다. 뉴욕에서 개인전을 열고 싶었지만, 뉴욕에선 마땅한 화랑이 아직 나타나지 않았기 때문이다. 뉴욕이 아니더라도 일단 개인전을 여는 것이 중요했다.

워홀이 블럼을 처음 만난 것은 구겐하임 미술관에서 열린 구스턴의 전시회 기념 파티에서였다. 블럼은 그날 아침, 아내와 함께 앨런 스턴의 화랑에 갔다가 워홀의 캠벨 수프 통조림 그림 두 점을 보게 되었다. 두 그림 모두 가격이 100달러로 매겨져 있었다. 블럼의 아내는 그 그림을 갖고 싶어 했지만 남편이 사줄 기미를 보이지 않아 포기하고 있었다.

스턴의 화랑에서 나온 블럼 부부는 구스턴의 전시회 기념 파티에 갔고, 그곳에서 워홀을 만나게 되었다.

"아까 스턴 화랑에서 당신의 수프 통조림 그림을 보았어요. 당신의 화실에 가면 통조림 그림을 더 볼 수 있나요?"

블럼이 워홀에게 묻자, 워홀은 "네, 그럼요. 제 화실에 가 보시겠습니까?"라고 대답했다. 이렇게 해서 블럼 부부는 미술관에서 몇 블록밖에 떨어져 있지 않은 워홀의 화실로 가게 되었다. 그리고 그곳에서 수십 점의 캠벨 수프 통조림 그림들을 보았다.

그 그림들을 보고 있던 블럼이 워홀에게 물었다.

"그런데 왜 만화 그림은 그리지 않나요?"

"리히텐슈타인이 만화를 주제로 한 그림을 이미 그리고 있기 때문입니다. 대신 저는 수프 통조림을 그리고 있습니다."

위홀의 대답에 블럼은 고개를 끄덕였다. 블럼 부부는 오랫동안 그의 화실에 머물면서 그림에 관심을 보였다.

"당신 그림에 관심을 가진 사람들이 있나요?"

블럼의 질문은 위홀을 대신해 그림을 전시하고 팔아주는 중개인이 있느냐는 뜻이었다.

"마사 잭슨이 관심을 보였지만, 저는 아직 화랑에 소속되어 있지 않습니다."

"그렇다면 제가 제안을 하고 싶군요. 로스앤젤레스에서 전시회를 가질 생각은 없습니까?"

블럼이 묻자, 위홀은 그 자리에서 바로 "좋습니다!"라고 대답했다.

두 사람은 1962년 7월에 전시회를 열기로 합의했다. 블럼은 그날 수프 통조림 그림 두 점을 가져갔고, 그의 아내는 우표를 64번 반복해 그린 그림을 샀다. 위홀은 며칠 후 전시회를 위해 캠벨 수프 통조림 그림들을 로스앤젤레스로 보냈는데, 〈32개의 수프 통조림〉도 포함되어 있었다.

가장 흔해빠진 것을 가장 독창적인 예술로

1962년 5월 11일자 《타임》지에는 〈케이크 한 조각 스쿨The Slice of Cake School〉이라는 제목의 기사가 실렸다. 그 기사 중에는 이런 글이 있었다.

> 한 그룹의 화가들은 현대문명에서 가장 낡고 저속한 사물조차도 캔버스로 옮기면 예술이 될 수 있다고 주장했다.

그 당시는 팝아트가 사람들에게 알려지기 시작한 때였으므로, 그 기사를 쓴 기자도 팝아트에 관심을 가졌던 것이다. 그 기사에는 웨인 티보, 로이 리히텐슈타인, 제임스 로젠퀴스트, 그리고 워홀의 작품에 대한 글과 워홀의 사진까지 실렸다. 뉴욕에서는 아직 그의 그림을 전시해준 화랑이 없을 때였으므로 《타임》지에 그의 기사와 사진이 실린 것은 행운이었다.

워홀은 블럼과 약속한 대로 1962년 7월 9일부터 8월 4일까지 로스앤젤레스에 있는 페러스 화랑에서 개인전을 열었다. 총 32점의 수프 통조림 그림들이 전시되었다.

그런데 재미있는 일이 벌어졌다. 화랑 근처에 있는 한 슈

〈찢어진 큰 캠벨 수프 통조림〉(1962).
워홀은 다른 화가와 같은 그림을 그리고 싶지 않았다. 그는 일상 중에서도 가장 일상적인 것을 소재로 택함으로써 대중적인, 너무나 대중적인 그림을 그리고 싶었다.

퍼마켓에서 실제 캠벨 수프 통조림 80~90개를 외부 진열장에 쌓아놓고, '진짜 캠벨 수프 1달러에 다섯 개'라는 글을 붙여놓았다.

'이 글이 전시회에 나쁜 영향을 끼치는 것은 아닐까?'

워홀은 처음에 이 글을 보며 걱정했다. 하지만 그 글의 효과로 사람들이 그의 그림에 더 많은 관심을 보이면서 오히려 전시회를 홍보하는 결과를 가져왔다.

전시 기간에 여섯 명의 예술품 수집가들이 워홀의 그림을 모두 사겠다고 나섰다. 그들은 처음에 그림값을 한 점당 100달러씩 치르겠다고 하더니, 다시 입장을 바꾸어 일부만 사겠다고 번복했다.

그러자 블럼이 이렇게 거절했다.

"그림을 모두 사지 않으면 팔 수 없습니다. 그림을 그린 화가가 한두 점씩은 팔지 않겠다고 하기 때문입니다."

하지만 그 말은 사실이 아니었다. 워홀은 그림의 일부라도 팔고 싶었다.

"저는 그림을 일부라도 팔고 싶은데요."

그러자 블럼은 단호하게 말했다.

"제가 32점을 모두 사겠어요. 대신 가격을 좀 깎아주세요."

앤디 워홀 이야기

위홀은 잠시 생각한 뒤, 그림 한 점에 50달러씩 쳐서 모두 1,500달러를 달라고 요구했다.

"조금만 더 내려주시지요. 1,000달러에 32점 모두 제게 파세요."

위홀은 어쩔 수 없이 그러겠다고 승낙했다. 블럼은 그의 첫 개인전을 열어준 사람이고, 또 남은 전시 기간에 전부 팔린다는 보장도 없었기 때문이다.

독창성이 스타성을 만들고

수프 통조림 그림을 본 사람들은 위홀에게 "왜 슈퍼마켓에 가면 볼 수 있는 수프 통조림을 그립니까?" 또는 "대량생산이나 소비주의 혹은 광고에 대한 반발입니까?"라고 물었다. 위홀은 그 질문들에 대답하지 않았지만 마음속으로는 혼자 이렇게 속삭였다.

'내 그림이 리히텐슈타인의 그림과 다르다는 것을 보여주기 위해 수프 통조림을 그린 것입니다.'

위홀은 다른 화가와 같은 그림을 그리고 싶지 않았다. 그는 일상 중에서도 가장 일상적인 것을 소재로 택함으로써 너무나 대중적인 그림을 그리고 싶었다. 그것이 자신의 독창성을 더욱 돋보이게 하고, 다른 팝아트 화가들을 뛰어넘을 수 있는 길이라는 것을 그는 알고 있었다.

순수미술을 지향하던 워홀에게 1962년은 매우 의미 있는 해였다. 비록 뉴욕은 아니었지만 로스앤젤레스에서 첫 개인전을 열었던 해이기 때문이다. 첫 전시회에 이어 실크스크린으로 마릴린 먼로를 처음으로 제작했으며, 그해 8월에는 뉴욕의 제니스 화랑에서 열린 〈새로운 리얼리스트〉라는 팝아트 전시회에 초대되었다. 드디어 워홀이 순수미술의 세계로 제대로 진입함으로써 스타 탄생을 예고하는 순간이었다.

제니스 화랑에서의 전시회는 첫 번째 개인전보다 훨씬 성공적이었다. 워홀은 이 전시회에서 2달러짜리 지폐를 그린 작품을 전시했다. 화랑 주인인 엘리노어 워드가 화폐를 그려야 전시회를 열어준다고 약속했기 때문이다.

제니스 화랑에서의 전시 후 워홀은 미술계의 유명 인사가 되었다. 자신이 그토록 원하던 길로 접어들자 그는 가속이 붙은 자동차처럼 거침없이 질주했다.

워홀의 화실에는 젊고 열정적인 그의 조수들이 있었는데,

이들은 실크스크린 인쇄 과정을 맡아 열심히 일을 했다. 워홀과 조수들이 만들어내는 작품 수는 엄청났다. 1962~1964년에 인쇄된 실크스크린 작품만 해도 무려 2,000점이 넘었다.

1962년 이후 워홀의 명성은 그가 택한 일상적인 소재와 마찬가지로 완전히 대중적인 것이 되었다. 마치 자신의 그림에 등장하는 스타들처럼 워홀 역시 스타가 되어갔다.

예술적 성과를 한 단계 높인
재난 시리즈

이번에도 남과 다른 발상을

1962년 6월 4일, 워홀은 헨리 겔달러와 식사를 하고 있었다. 그때 두 사람 앞에는 신문이 펼쳐져 있었는데, 비행기 추락 사고로 129명이 사망했다는 기사가 실려 있었다.

그 기사를 읽고 난 뒤 헨리가 워홀에게 말했다.

"이 사고를 작품으로 다루면 어떨까? 우리 주변에서 항상 일어나는 재난들, 작품 소재로 쓸 만하지 않아?"

워홀은 항상 주변 사람들에게 작품 소재에 대한 아이디어를 묻기도 하고, 그들이 제안하는 것 중에서 마음에 드는 것들을 그려왔다. 그는 그 자리에서 헨리의 아이디어를 받아들이기로 했다.

그 후 탄생한 작품이 〈129명 사망〉이며, 이 작품을 시작으로 워홀의 재난 시리즈가 시작되었다. 재난 시리즈는 콜라병, 지폐, 수프 통조림 등 일상적인 소재가 아니라 사건, 사고나 죽음, 정치적인 문제 등으로 소재가 확대되었다.

사람들은 끔찍한 재난을 보면 인상을 찌푸리면서도 그 사건에 대해 관심을 가진다. 그래서 신문 기사를 읽거나 뉴스를 보는 것이다. 워홀은 신문이나 뉴스의 비극적 기사나 머리기사가 갖고 있는 흡인력을 중요시하고 이것을 자신의 작품 소재로 삼았다. 교통사고, 사형제도에 쓰이는 전기의자, 연쇄살인범, 해골, 자연재해 등을 모티프motif(작품을 표현하는 동기가 된 작가의 중심 사상)로 한 작품들이 바로 그것이다.

하지만 미술계에서는 워홀의 재난 그림에 대해 선뜻 열린 태도를 보여주지 않았다. 예를 들어 스테이블 화랑 주인은 워홀의 자동차 사고에 대한 그림들을 보고 이렇게 말했다.

"오, 이건 너무 끔찍하군요. 우리 화랑에서 전시하기에는 적당하지 않아요."

화랑 주인들은 그의 재난 그림들을 대중에게 소개하기 어려워했다. 그런데 때마침 일레나 소나벤드가 파리에 있는 자신의 화랑에서 전시회를 열자고 워홀에게 제안했다. 워홀은 그 제안을 받아들여 자동차 사고에 대한 작품들을 파리에서 전시하기로 했다. 전시회 제목은 〈미국에서의 죽음〉이었다.

재난은 현대인의 일상에 숨어 있는 거야

워홀은 죽음이나 자살 등 으스스한 주제들을 선택하는 데 주저함이 없었다. 그는 오히려 이런 주제들을 선호했다. 그래서 매일 신문을 빠뜨리지 않고 보면서 교통사고나 자연재해에 관한 끔찍한 사진을 찾으려고 애썼다. 이것을 잘 아는 친구들은 종종 그에게 죽음과 관련된 사진들을 모아서 갖다주었다.

"《라이프》 잡지에 실린 엠파이어스테이트 빌딩에 관한 기사 읽었어?"

1963년에 한 친구가 워홀에게 물었다.

"엠파이어스테이트 빌딩에 대한 내용인데, 1947년에 그 빌딩 86층에서 몸을 던져 자살한 젊은 모델의 사진이 다시 실렸어. 자동차 위에 떨어져 있는 장면 말이야."

친구의 말에서 아이디어를 얻은 워홀은 그 잡지의 기사를 찾아 읽고 사진도 보았다. 그리고 그것을 작품의 소재로 삼았다.

재난 시리즈는 사고로 인한 희생만 다룬 것이 아니었다. 워홀은 앨라배마 주 버밍햄에서 실제로 있었던 평화시위 장면도 재현했다. 1963년 5월 17일자 《라이프》지에 백인 경찰관들이 사나운 개들을 끌고 나와 평화롭게 시위하는 흑인들을 진압하는 사진이 실렸는데, 그것을 소재로 선택한 것이다.

그는 사진에서 느낄 수 있는 살벌함과는 대조적으로, 이 그림에서는 붉은색을 사용했다. 대조적인 색감을 사용함으로써 자신이 전달하려는 주제를 반어적으로 표현한 것이다.

〈129명 사망〉으로 시작된 재난 시리즈는 〈시각적 차 사고〉, 〈오렌지색 5명의 죽음〉, 〈라벤더빛 재난(전기의자)〉, 〈붉은빛의 인종 폭동〉, 〈푸른빛 전기의자〉, 〈13명의 지명 수배자〉 등으로 이어지고, 1965년의 〈원자폭탄〉까지 이어진다. 워홀은 〈원자폭탄〉에서 인류의 자멸을 경고했다. 이러한 재난 시리즈는 그의 작품에 더욱더 선명한 예술적 가치를 부여했다.

《아트 뉴스》지와의 인터뷰에서 재난 시리즈를 작업한 이

〈전기의자〉(1971). 워홀은 죽음과 자살 등 으스스한 주제들을 선택하는 데 주저함이 없었다. 잔인하고 괴이한 것들조차 그 이미지를 뭉개는 색과 반복되는 이미지를 사용함으로써 사람들이 가진 고정관념이나 느낌들의 경계선을 허물고 싶어 했다.

유를 묻는 질문에 워홀은 이렇게 대답했다.

"신문에 대형 비행기 사고 사진이 실려 있었죠. 나는 또 마릴린 먼로를 그립니다. 내가 하고 있는 모든 것이 '죽음'일 수밖에 없다는 것을 깨달았어요. 성탄절, 메이데이, 휴일……언제나 라디오를 켜면, '400만이 죽어가고 있다.'는 등의 뉴스를 들어요. 그런 일들이 재난 시리즈를 시작하게 했죠. 그러나 그런 끔찍한 사진을 자주 보면 나중에는 아무렇지도 않게 됩니다."

재난 시리즈 중에서 섬뜩함과 동시에 죽음과 사형제도에 대해 생각하게 하는 작품이 있다. 바로 〈라벤더빛 재난(전기의 자)〉이다. 이 그림 앞에서 많은 사람들은 그저 침묵한다. 워홀은 이 작품에서도 소재 자체의 섬뜩함이나 어두운 죽음과는 대조적인 색채를 사용함으로써 환상적인 느낌마저 느끼게 했다. 그가 주제의식을 전달하는 방식이라고 할 수 있다.

그는 잔인하고 괴이한 것들조차 그 이미지를 뭉개는 색과 반복되는 이미지를 사용함으로써 보는 사람들이 자신들의 느낌의 경계선을 허물게 했다. 자신이 전달하고자 하는 주제를 감추는 동시에 드러내는 방법을 적절하게 잘 활용한 것이다.

예술사에 기록될
팝아트의
선두가 되다

팝아트란
무엇인가?

'좋은 취향'과 '나쁜 취향'의 경계선을 허물다

'팝아트'라는 말은 1958년에 영국의 평론가 로렌스 앨로웨이 Lawrence Alloway가 처음 사용한 용어이다. 원래는 미국의 대중매체가 주도하는 대중문화, 특히 할리우드 영화를 지칭하는 말이었다.

앨로웨이는 공상과학 소설이 그랬듯이 팝아트도 예술영화나 순수문학, 엘리트 문화의 산물처럼 진지하게 연구해볼 만한 가치가 있다고 주장했다. 그러나 원래의 의미와 차이가 생기면서, 상업문화에 등장한 물건과 이미지 또는 그 사용법이나 의미를 굳이 설명하지 않아도 해당 문화권에 속한 사람이라면 누구나 알아볼 수 있는 대상을 그린 그림과 조각만 의미하게 되었다.

  팝아트에 대한 정의는 여러 가지가 있다. 그중에서 앤디 워홀의 작품에 대한 평가와 일치하는 것이 있다. '비딩턴bid-ding.com'이라는 사이트에서 볼 수 있는 팝아트에 대한 정의가 바로 그것이다.

  팝아트는 소비사회와 대중문화의 이미저리imagery와 기술들을 활용했던 20세기 예술운동이다. 1950년대 후반 추상표현주의에 대한 반동으로 일어났고, 1960년대와 1970년대가 전성기이다. 팝아트는 형상을 주로 하는 이미저리와 캠벨 수프 캔, 4단 만화, 광고처럼 우리가 일상에서 늘 보는 대상들을 재생한다. 이 운동은 순수예술과 상업예술을 '좋은' 취향과 '나쁜' 취향이라고 구분을 짓던 경계선을 허물었다.

  추상표현주의가 주류를 이루고 있을 때의 예술계는 '미술을 포함해 예술은 고상하고 심각하며, 인간의 삶에 대한 진지

한 고민이 묻어 있어야 한다.'는 생각이 지배적이었다. 그렇기 때문에 당연히 높은 수준의 지성을 표현하는 방식을 취해야만 했다. 예술품에서 재미를 찾는다는 것은 생각할 수도 없는 일이었다. 그러다 보니 대중의 삶과는 거리가 먼 것이 예술의 소재와 주제가 되었다.

이러한 이유 때문에 대중적이고 일상적인 소재, 심지어 만화나 광고 자체를 작품 소재로 삼는 팝아트가 추상표현주의에 대항해서 등장했다고 보는 시각이 크게 틀린 것은 아니다. 팝아트는 교양을 중시하면서 콧대가 높았던 추상표현주의가 과거에 무시하고 거부하던 것들(예를 들어 광고, 영화배우, 돈, 자동차, 싸구려 음식, 수프 캔 등)을 작품의 소재로 삼았다. 이렇듯 평범한 일상에서 영감을 얻었기 때문에 팝아트를 민주적이라고 주장할 수 있는 것이다.

팝아트는 추상표현주의와는 달리 번쩍거리는 화려함과 유머 감각이 있었다. 또한 팝뮤직처럼 팝아트도 보는 이들에게 놀이처럼 재미를 준다. 당연히 고상함과는 거리가 멀었다. 바로 이러한 점, 예술이 놀이처럼 보이는 모호함이야말로 바로 팝아트의 핵심이다.

이런 특징들 때문에 위홀의 작품들은 오랫동안 사람들로

부터 많은 관심과 사랑을 받고 있다. 하지만 팝아트의 전성기에는 전시되고 난 후에 바로 폐기해도 전혀 아깝지 않다고 생각되는 작품들이 많았다.

'아메리칸 드림'과 궁합이 잘 맞는 예술

팝아트는 고급 예술과 저급 예술의 경계선을 흐리게 하고, 나아가 경계선을 아예 없애려고 했던 과도기의 도구라고 볼 수 있다. 하지만 팝아트에는 진지하고 가치 있는 주제들과 그 주제들을 평범하게 묘사하는 것 사이에 나름대로 공식이나 기준이 있었다.

미국에서 팝아트가 영국과는 다른 방향으로 발전할 수 있었던 이유는, 제2차 세계대전 이후의 '아메리칸 드림'과 관계있다고 할 수 있다. 미국의 자동차, 미국 사람들이 먹는 음식, 그리고 미국 가정에서 사용되는 상품들은 전쟁 후에 피폐해진 영국에서는 접할 수 없는 것들이었다.

영국과 미국은 사정이 달랐다. 미국에서는 캐딜락 자동차를 누구나 살 수 있는 것은 아니었지만 적어도 주변에서 얼마

든지 볼 수 있었으며, 언젠가는 누구나 살 수 있는 것이기도 했다.

아메리칸 드림은 가난한 이민자의 아들인 워홀에게 '부와 성공은 모두에게 공평하게 열려 있다.'고 친절하게 설명해주는 것과 같았다. 그는 모든 미국인이 캐딜락의 주인은 될 수 없어도 똑같이 코카콜라를 마시거나 캠벨 수프 통조림을 먹는다는 사실을 알았다. 여기에서 자신도 아메리칸 드림을 이룰 수 있다는 가능성을 발견한 것이다.

워홀은 그 가능성을 대중적인 상품들을 그리면서, 대중이 좋아하는 스타들을 그리면서 이루어갔다. 그의 말처럼 미국적 민주주의가 좋은 이유 중 하나는, 부자들이 먹는 코카콜라와 가난한 사람이 먹는 코카콜라가 똑같다는 것이다.

아메리칸 드림을 이루는 것뿐만 아니라 예술가로도 유명해지고 싶었던 워홀은 자신이 만나는 사람들 모두에게서 작품의 소재에 대한 아이디어를 얻고 싶었다. 새로운 소재와 관련해 사람들의 의견을 물어보기도 하고, 그들의 반응을 관찰하기도 했다. 하지만 그가 사람들의 아이디어를 다 받아들인 것은 아니었다.

그가 성공한 팝아트 예술가가 될 수 있었던 것은 작품 소재를 잘 선택했기 때문이다. 수프 캔, 달러 지폐, 코카콜라 병, 그린 스탬프 등은 미국의 보통 사람들이 사용하는 것이었으므로 그들의 이미지를 대변하는 것이었다.

워홀이 이토록 지극히 대중적이고 평범한 것들을 소재로 선택한 것은 그 나름의 이유가 있었다. 순간적인 충동에 의한 것이라거나 우연의 일치에 의한 것도 아니었고, 소재 선택의 기준이 없는 것도 아니었다. 그는 자신의 작품에서 보여주고 싶은 주제를 생각하며 그에 맞는 소재를 신중하게 선택했다.

이때의 중요한 기준 중의 하나는, 이미 성공한 광고작품이어야 한다는 것이었다. 코카콜라나 캠벨 수프 통조림은 이미 산업디자인에서 성공한 작품들이었다. 그래서 저작권 문제로 오랫동안 합의 과정을 거치기도 했다. 다시 말해 그는 누군가 이미 창조한 것들을 선택해서 다시 자신의 작품으로 재창조한 것이다.

워홀의 작업은 후에 〈최후의 만찬〉 같은 고전작품까지 소재로 삼게 된다. 이와 같은 팝아트 활동은 상업예술과 순수예술의 경계선을 없애려 했다는 점에서 미술사뿐만 아니라 예술을 접하는 일반인들의 주의를 끌기에 충분했다.

예술 공장
공장장

작업실을 '팩토리'라 이름 붙인 재치

워홀은 1962년의 전시회를 통해 이제는 순수미술가로 이름을
더 알리게 되었다. 1963년 초에 그는 렉싱턴 근처 이스트 87
번가에 있는 2층 벽돌 건물을 빌려서 작업실로 만들었다.

150달러짜리 월세였던 이 건물은 본래 소방서로 사용되던
곳이었다. 그래서 건물 내부에는 화재가 나면 소방수들이 재
빠르게 출동하도록 아래위층을 연결한 쇠기둥이 있었다.

워홀은 집에서 두 블록 떨어진 그곳으로 물감, 캔버스, 실

크스크린 인쇄 도구들을 옮겼다. 이제 독립된 작업실을 가지게 된 것이다. 그는 위층을 작업실로 사용하고 아래층은 손님들을 접대하는 공간으로 사용했다. 그림 작업을 하다가 손님들이 오면 아래층으로 내려와 이야기를 나누었고, 그림을 보고 싶어 하면 보여주기도 했다.

작업실로 사용한 위층에는 전기가 들어오지 않았기 때문에 낮에만 작업을 해야 했다. 하지만 전화가 없었기에 작업을 방해할 일도 생기지 않았다. 그래서 많은 양의 작품을 제작할 수 있었다. 그런데 그해 말에 그곳을 비워주어야 했다. 워홀은 작업실로 쓸 새로운 공간이 필요했다.

"이왕 옮기는 김에 좀 더 넓은 곳으로 옮겨야겠어. 찾아오는 사람들도 많아지고, 내 일을 돕겠다는 조수들도 늘어나니까 말이야. 게다가 더 많은 작품을 만들려면 더 큰 공간이 필요해."

그는 가까운 사람들에게 이렇게 말하고 새로운 장소를 알아보기 시작했다. 그러다가 맨해튼 남쪽 이스트 47번가의 건물을 찾아냈다. 이 건물은 남쪽으로 난 창으로 밴더빌트가 건축한 YMCA가 보였다. 이전에는 모자를 만드는 공장으로 사용되던 곳이어서 엘리베이터도 있고 공중전화도 있었다.

앤디 워홀 이야기

1964년에 워홀은 그 건물 꼭대기 층을 빌리기로 하고, 작업실을 이전하기 전에 그곳을 새롭게 단장했다. 우선 몇 개의 거울과 스크린으로 된 칸막이만 빼놓고, 400제곱미터나 되는 공간을 모두 터버렸다. 그리고는 미용사이자 조명기사였던 빌리 네임(나중에 사진작가가 됨)을 고용해 모든 파이프와 창문, 천장과 깨진 벽돌 벽을 은박지로 싸게 했다. 은박지로 쌀 수 없는 바닥이나 캐비닛과 전화기는 은색으로 칠하게 했다.

심지어 화장실과 변기 속까지 은색으로 칠했다. 그리고 천장에는 무도회장에서나 볼 수 있는 다면체의 조명을 매달았다. 그 조명은 천천히 돌면서 어두운 공간 전체에 불규칙한 빛을 반사했다.

워홀은 자신이 만든 이 특별한 공간이 마음에 들었다.

"어제 먹은 각성제 탓인가? 왜 이렇게 근사해 보이는 거지? 은색의 콘셉트를 생각해낸 것은 너무 괜찮은 아이디어였어. 은색은 미래를 상징하고, 우주와 우주인을 상징하지. 은색은 또 과거의 향수를 불러일으키기도 해. 가령 은막과 같이. 그리고 무엇보다도 은색은 나르시시즘이지. 거울의 이면이 은이지 않던가! 어쨌든 근사해! 멋진 공간이야!"

그는 자신의 작업실을 이렇게 특별한 이미지로 꾸며놓고

매우 만족스러워했다. 위홀은 자신의 새로운 작업실을 '팩토리'(공장)라고 불렀는데, 이 이름에 그의 예술관이 숨어 있다고 할 수 있다.

팝아트가 나오기 전, 예술이란 예술가가 오랜 시간 고통스럽게 혼자만의 작업을 통해 창조되는 것이라는 생각이 지배적이었다. 그런 창작의 고통 끝에 고상하고 교양 있는 아름다움이 탄생한다고 여겼다. 그래서 예술가들은 자신들을 일반 대중들과 다르다고 생각했고, 자신들이 일반 대중들보다 훨씬 가치 있는 존재라고 생각하기도 했다.

위홀은 그런 생각을 비웃듯이 자신의 작업실을 '팩토리'라고 이름 짓는 재치를 발휘했다. 작품의 소재를 지극히 일상적이고 대중적인 것에서 선택하는 것뿐만 아니라, 작품을 만들어내는 과정도 기존의 생각을 뒤집었다. 마치 공장에서 공산품을 찍어내듯 만들어낸다는 의미였다.

그렇다고 해서 그의 작품들이 공산품이라는 말은 결코 아니다. 다만 그는 예술과 일상의 구분을 없앰으로써 삶 속으로 예술을 끌어오고, 예술의 세계에 삶을 데려가고 싶었던 것이다. 그것은 기존의 생각들을 뒤집거나 끊임없이 새로운 것을 추구함으로써 가능한 일이었다. 예술은 항상 새로움을 향한

앤디 워홀 이야기

맨해튼에 있는 낡은 모자 공장을 개조해 만든 첫 작업실 '팩
토리'(공장)에서 〈꽃〉 작품 앞에 서있는 앤디 워홀. 예술가들이
일반 대중보다 더 가치있다는 기존의 통념을 비웃듯이 그는
작업실을 '팩토리'라고 이름 지었다. 일상적이고 대중적인 작
업 소재를 선택하고 작품도 공장에서 마치 공산품을 만들어
내듯 만들어낸다는 의미였다.

몸짓이니까 말이다. 그래서 워홀은 기꺼이 예술 공장의 공장장이 되기를 원했던 것이다.

이곳에서 워홀은 그의 작품 중 캠벨 수프 통조림만큼이나 알려진 박스 조각, 그리고 재키 초상화와 꽃 그림들, 광고와 언론 매체에서 가져온 이미지들의 연작을 만들었다. 공장이라는 이름에 걸맞게 이 작품들은 그의 조수들 중에서도 특히 시인이자 배우였던 제러드 말랑가의 도움으로 만들어졌다.

워홀은 예술 공장의 공장장으로서 마치 공장에서 모자를 생산해내듯 수많은 작품들을 만들어냈다. 하지만 그것은 개성이 없는 똑같은 모자가 아니라, 워홀만의 독특한 예술 기법으로 만들어진 것이다. 그는 이미 만들어진 것들을 활용해서 다시 창조적 과정을 거친 예술 작품들로 탈바꿈시키곤 했다.

모든 것을 포용하는 팩토리의 예술 세계

워홀은 팩토리에서 그림뿐만 아니라 수많은 영화까지 만들어냈다. 그것이 가능했던 이유 중 하나는, 여러 예술가들을 비롯해 수많은 사람들이 팩토리로 모여들었기 때문이다.

그는 그 후에도 몇 번 팩토리를 옮겼다. 하지만 팩토리는 변함없이 작업실이자 영화 촬영장, 그리고 사교 장소와 주거 공간의 역할까지 했다.

팩토리는 매일 사람들로 북적거렸는데, 새로운 사람들의 발걸음도 끊이지 않았다. 워홀은 팩토리를 찾아온 사람들의 움직임을 관찰하며 그것을 수없이 영화촬영기(무비카메라)에 담았다. 팩토리에 오는 사람이라면 그 누구도 카메라의 시선을 비껴갈 수 없었다. 현재 남아 있는 수백 개의 비디오 작품인 〈스크린 테스트〉는 이런 과정을 통해 만들어졌다.

팩토리를 방문하는 사람들은 가장 먼저 카메라 테스트를 받아야 했는데, 그 과정은 항상 똑같았다. 팩토리에 들어온 방문객이 우선 의자에 앉으면 강한 불빛이 그의 얼굴을 비췄다. 그러면 워홀은 카메라를 작동시키고 그 자리를 떠났다. 3분 정도 방문객 혼자 내버려두는데, 그 반응을 살펴보는 것은 무척 재미있는 일이다.

이러한 카메라 테스트는 팩토리를 방문한 사람이 유명인이라고 해도 피해갈 수 없었다. 〈스크린 테스트〉 속에는 밥 딜런, 짐 모리슨 같은 가수들과 마르셀 뒤샹, 살바도르 달리 같은 미술가들도 있다. 그 밖에도 배우, 무용수, 배우 지망생,

미술 애호가, 음악가 등 팩토리 방문객들은 매우 다양했다.

1968년에 워홀은 팩토리를 유니언 스퀘어 웨스트 6층으로 옮겼는데, 얼마 지나지 않아 8층과 10층까지 확장했다. 워홀의 명성 때문에 팩토리에는 그 당시 별종이라고 부르는 사람들이 모여들었다. 시인이나 미술가 등 예술가뿐만 아니라 마약중독자, 부유한 여성 상속인, 성전환자, 미소년 등이 들락거렸고, 상류층과 하류층 사람들이 뒤섞여 있었다.

팩토리에는 로큰롤 음악이 그치지 않았다. 그뿐 아니라 워홀은 록밴드인 '벨벳 언더그라운드'를 지원하며 팩토리에서 이들이 공연하도록 공연 일정을 직접 짜기도 하고, 콘서트를 '해프닝 예술'로 기획하기도 했다. 록 음악이 귀청을 때리는 팩토리 안에서 제러드 말랑가와 워홀이 함께 키워낸 에디 세즈윅의 유혹적인 춤이 어우러지기도 했다. 어느덧 워홀의 팩토리는 1960년대 미국의 대중문화를 대변하는 듯이 보였다.

그는 작품 자체만이 아니라 그것이 만들어지는 공간까지 예술로 만들어갔다. 그것은 그의 삶이 다른 예술가와는 다르게 일상과 예술의 교집합을 넓혀가는 삶이었기에 가능한 일이었다.

예술가에서
시대의 문화 아이콘으로

예술이냐 아니냐의 논란을 만들다

1964년이 막 시작된 어느 날이었다. 워홀은 조수인 네이선 글룩을 불러 말했다.

"길 건너 슈퍼마켓에서 빈 상자들을 구해 갖다 줄래요?"

얼마 후 글룩은 슈퍼마켓에 가서 한곳에 쌓여 있던 빈 상자들을 주인에게 부탁해 얻어왔다. 그 상자들을 본 워홀은 고개를 좌우로 흔들었다.

"음, 이런 거 말고 좀 더 잘 알려진 상자들이 필요해요. 제러드가 가져다줄래요?"

위홀은 이번에는 제러드 말랑가에게 부탁했다. 위홀은 누구에게든 명령하듯이 시킨 적이 없었다. 항상 '해줄 수 있어요?' 또는 '해줄래요?'라고 부탁하는 투로 말했다. 예술가로서는 드물게 상대에 대한 배려가 많은 위홀의 성격이 드러나는 부분이라고 할 수 있다.

어쨌든 말랑가는 다른 상자들을 가지고 왔다. 브릴로 비누, 모트 사과주스, 켈로그 콘플레이크, 델몬트 복숭아 통조림, 캠벨 토마토 주스, 하인즈 케첩 등 많이 알려진 상품의 상자들이었다.

"좋아요! 이런 것들이면 되겠어."

상자가 준비되자, 이번에는 목수를 불러 그 상자들과 같은 크기의 상자들을 수백 개 만들어달라고 주문했다. 상자들이 다 만들어지자, 위홀은 함께 일하는 조수들에게 말했다.

"이제 각 상자의 상표를 실크스크린으로 만들 거예요."

그는 브릴로 비누를 비롯해 각 상자에 붙일 상표를 실크스크린으로 만들어 일일이 상자의 겉면에 붙였다. 그렇게 하고 나니 그 상자들은 마치 말랑가가 슈퍼마켓에서 가져온 상자들처럼 보였다.

"우리 팩토리가 마치 식품 도매상 같네요."

상표를 다 붙인 상자들을 한곳에 쌓아둔 것을 보며 말랑가가 말했다.

그리고 얼마 후 1964년 4월 21일부터 5월 9일까지 일레노와드의 스테이블 화랑에서 워홀의 두 번째 전시회가 열렸다.

전시회를 찾아온 사람들은 깜짝 놀랐다. 그들은 화랑이 아니라 슈퍼마켓이나 식료품 창고에 와 있는 것만 같다고 느꼈다. 왜냐하면 화랑에 전시된 미술품들은 워홀이 만든 브릴로 상자 등 잡화점 상자들이기 때문이었다. 그것도 400개나 되는 상자가 전시되어 있었다.

"이건 뒤샹과 같은 행위잖아. 이미 만들어진 것을 예술이라고 주장하는 것 말야."

"하지만 뒤샹은 이미 만들어진 물건에 사인만 한 채 예술품이라고 주장했지. 앤디 워홀은 이미 만들어진 물건을 선택해 재창조했어. 그것도 대량으로 말이야. 그 차이점이 바로 팝아트의 특징이자 워홀의 예술철학이지."

사람들은 워홀의 작품을 놓고 자신의 생각을 말했다.

워홀은 이미 만들어진 대상을 자신의 손으로 재창작함으로써 새로운 이미지를 부여하려고 했고, 작품을 보는 사람들이 그것을 느끼기를 바랐다.

오늘날 브릴로 상자는 미국을 상징하는 아이콘 중 하나가 되었지만, 이것은 워홀 때문에 가능했다. 그리고 〈브릴로 상자〉는 워홀을 대표하는 유명한 작품 중 하나가 되었다.

예술에 대한 근본적인 질문 던지기

공교롭게도 '브릴로' 상자를 처음 디자인한 사람은 순수예술가로 대성하겠다는 야심을 품었던 제임스 하비James Harvey였다. 그는 디트로이트에 사는 추상표현주의 화가이자 상업미술가였는데, 부업으로 포장 용기를 디자인하던 중에 브릴로 상자를 디자인했다.

하비는 스테이블 화랑에서 열리는 워홀의 전시회를 관람하기 위해 전시회 첫날에 그곳을 방문했다. 그는 마치 잡화점 상자를 늘어놓은 듯한 전시회에서 수백 달러씩에 팔리는, 재창작된 브릴로 상자를 발견했다. 그리고 그 상자가 원래 자신이 디자인한 것이라는 사실에 깜짝 놀랐다. 자기가 디자인한 원래 상자는 그만한 가치가 없는데 말이다.

물론 하비는 자기가 디자인한 상자를 예술 작품이라고 생각하지 않았다. 그 디자인은 상업미술 분야에 속하는 것이었고, 상업미술의 관점에서 매우 훌륭한 작품이었다.

사람들은 브릴로 상자를 기억하는 반면에 모트사의 사과 주스 상자는 기억하지 못한다. 그 이유는 단지 브릴로 상자가 상업미술적으로 뛰어난 디자인이기 때문만은 아니다. 물론 워홀은 〈브릴로 상자〉의 뛰어난 디자인에 대해서는 아무 권리도 주장할 수 없다. 그 영예는 온전히 하비의 몫이다.

워홀이 권리를 주장할 수 있는 부분은 일상에서 흔히 볼 수 있는 대중적인 사물을 예술로 재창조했다는 점이다. 그 누구도 예술이라고 생각한 적이 없는 대상을 조형예술로 변화시킨 것이다. 바로 이 점 때문에 사람들은 브릴로 상자를 기억한다.

워홀은 디자인 면에서 브릴로 상자보다 훨씬 특징이 없는 켈로그 콘플레이크 상자 같은 것으로도 조형 작업을 해냈다. 〈브릴로 상자〉뿐만 아니라 여덟 가지 종류의 다른 상자들이 조형예술로 다시 태어난 것이다.

당대의 많은 사람들이 〈브릴로 상자〉는 예술이 아니라고 말했지만, 이제는 그것을 예술 작품으로 받아들인다. 워홀이 이룩한 업적이 바로 이런 것이며, 그는 자신이 만든 작품들이 미국 문화의 아이콘이 되게 하는 동시에 자신도 미국 문화의 아이콘이 되었다.

그가 미국 문화의 아이콘이 될 수 있었던 것은, 평범한 미국인이라면 누구나 이해할 수 있는 대상을 작품 소재로 사용했기 때문이다. 그가 예술 작품으로 만든 모든 것, 혹은 대부분은 아주 평범한 미국인의 일상생활에서 가져온 것들이다.

미국인들과 같은 방식으로 사는 사람이라면 누구나 잡화점 상자가 어떻게 생겼고, 어디에서 볼 수 있으며, 그것으로 무엇을 하는지 알고 있다. 또 어디에 가면 캠벨 수프 통조림이 있고, 그것을 어떻게 먹으며, 가격이 얼마나 하는지도 알고 있다.

물론 고상한 취향을 중요하게 여기는 이들은 일상적인 공산품으로 이루어진 평범한 세상을 미적으로 무시했다. 또 이러한 미적 판단의 권위자들은 광고판이나 만화책, 싸구려 잡지 등에 나오는 흔한 이미지는 미적으로 승화될 가능성이 없다고 생각했다. 하지만 그러한 생각들은 워홀에 의해 조금씩 변화되기 시작했다. 기존의 틀을 과감하게 부수고 새로운 세상으로 나오려 했던 그의 예술적 열정과 노력 덕분이었다.

대중적인 공산품인 브릴로 상자를 예술품으로 승화시킨

이 전시회는 성공적이었고, 캐나다 토론토에서도 전시를 하게 되었다. 위홀은 토론토에서의 전시를 위해 〈브릴로 상자〉들을 예술품 중개인인 제럴드 모리스에게 보냈다. 그러던 중에 재미있는 일이 일어났다.

미국이든 캐나다이든, 예술품의 경우에는 다른 나라에서 들여오더라도 관세를 매기지 않았다. 그런데 캐나다의 한 세관원이 〈브릴로 상자〉들을 예술품으로 인정하지 않고 잡화점 상자로 취급했다. 그래서 한 상자당 250달러의 관세를 매기는 바람에 실제 가격의 20퍼센트를 세금으로 물게 되었던 것이다. 위홀의 〈브릴로 상자〉가 80개이므로 총 4,000달러나 되는 세금을 물어야 했다.

모리스는 세관원에게 자세한 설명을 해주며 관세 조치를 취소해줄 것을 요구했다.

"이건 잡화점 상자가 아니고 예술품이오. 미국에서 전시했던 것이고, 우리나라에서도 전시하기 위해 들여오는 것이란 말이오."

그래도 세관원은 모리스의 말을 믿지 않고 캐나다 국립 화랑의 책임자를 불러 사실 확인을 부탁했다. 국립 화랑의 책임자였던 찰스 컴포트는 〈브릴로 상자〉들을 보고 이렇게 말했다.

"이건 아무리 봐도 조형물이 아니오. 난 이것들을 조형예술이라고 볼 수 없소."

모리스는 답답하고 화가 나서 캐나다 정부를 기소했고, 그 바람에 캐나다 정부는 미술계의 조롱거리가 되었다.

논란을 딛고 팝아트의 선두 주자가 되다

위홀은 논란의 중심에 있던 일레노 와드의 스테이블 화랑에서 두 차례의 전시회를 연 다음, 팝아트의 선두 주자가 되었다.

그 무렵 레오 카스텔리가 위홀을 찾아왔다.

"우리 화랑에서 전시회를 한번 엽시다."

마침 일레노와 돈 문제로 사이가 나빠져 관계를 끊었던 위홀에게는 카스텔리의 제안이 좋은 기회가 되었다. 게다가 카스텔리의 화랑은 미술계에서 웬만한 작가들은 전시할 기회조차 얻지 못하는 유명한 곳이었다. 위홀은 선뜻 동의했다.

카스텔리는 2, 3년 전만 해도 리히텐슈타인 때문에 위홀의 작품을 전시할 수 없다고 했다. 그의 입장에서는 이제 더 이상 위홀의 전시회를 미룰 수도 없고, 미룰 이유도 없었다.

'이제 워홀과 리히텐슈타인이 충돌할 이유는 없어. 이미 워홀은 대부분의 작품을 실크스크린으로 만들고 있고, 영화 제작에도 열심인데다 조형예술까지 손을 대니까 말이야. 게 다가 워홀은 이제 스타야. 그의 작품은 잘 팔릴 게 분명해. 이 런 워홀을 다른 화랑에 전속되게 내버려두면 안 되지.'

워홀과 카스텔리는 각자 분명한 이유를 가지고 손을 잡았 다. 워홀은 워홀대로 명성이 높은 화랑의 소속이 되어 좋았 고, 카스텔리는 돈을 벌어다줄 인기 작가를 한 명 더 확보한 것이 흐뭇했다.

1964년 11월, 카스텔리 화랑에서 워홀의 전시회가 열렸 다. 그 전시회의 주제는 '꽃'이었다. 워홀은 대중적인 생필품 에서 이번에는 누구든 좋아하고 누구에게든 똑같은 모습으로 존재하는 꽃을 소재로 삼았다.

〈꽃〉 시리즈는 워홀이 처음으로 자연에서 모티프를 구한 작업으로, 위에서 내려다본 꽃밭을 사진에 담아 작업에 활용 했다. 사람들에게 평온하고 친근한 느낌을 주는 꽃을 소재로 택한 이 전시회는 작품이 전부 팔리는 대성공을 거두었다.

어느 평론가는 워홀의 〈꽃〉 시리즈를 보고 이렇게 말했다.

"마티스의 색종이가 모네의 수련 연못 위에 떠 있는 것

〈꽃〉(1964). 1964년 11월, 카스텔리 화랑에서 위홀의 〈꽃〉 시리즈 전시회가 열렸다. 사람들에게 평온한 느낌을 주고 친근하게 다가오는 꽃을 소재로 한 이 전시회는 작품이 전부 팔리는 대성공을 거두었다.

같다."

전시된 대부분의 꽃 그림들은 그해 6, 7월에 제작된 것이었다. 많이 작업할 때는 하루에 80장을 제작하기도 했다. 그야말로 '팩토리'는 미술품을 만들어내는 '공장'이 맞았다. 기존의 관념대로 혼자 작업하는 예술가였다면 불가능한 일이었다. 워홀은 많은 사람들의 도움으로 그 많은 작품들을 만들어냈고, 그렇게 하는 것에 대해 아무런 거리낌이 없었다.

워홀은 작품의 소재와 제작 과정, 그리고 작품에 대한 철학적 의미 부여 등 모든 면에서 기존의 생각을 뛰어넘어 새로운 세계를 만들어나갔다. 작품 자체만이 아니라 작업 과정, 작품을 만드는 그 자신조차 새로운 예술관의 탄생에 기여하게 만들었다. 그 결과, 여러 팝아트 작가들 중에서 가장 뛰어난 팝아트의 선두 주자가 되었던 것이다.

록 콘서트 같은 전시회

워홀은 상당히 빠른 속도로 예술가에서 하나의 아이콘으로 변신했다. 일례로 1965년에는 이미 그 변화가 완성된 상태였다. 1965년 10월, 워홀과 그의 '슈퍼스타'인 에디 세즈윅은 필라델피아의 펜실베이니아 대학교 현대미술관에서 열린 그의 첫 번째 미국 회고전에 참석했다.

그곳에는 최소 2,000명이 넘는 군중이 모여 열광했는데, 대부분 학생들이었다. 그렇게 많은 군중이 모이리라고는 아무도 예상하지 못했다. 따라서 큐레이터인 샘 그린은 신중을 기하기 위해 벽에 걸려 있던 그림을 대부분 떼어냈고, 그 때문에 화랑은 거의 텅 비어 있다시피 했다.

그래도 그곳에 모인 인파는 워홀과 에디 세즈윅의 이름을 연이어 외치며 자리를 지켰다. 그들은 예술 작품을 감상하기 위해 온 것이 아니었던 것이다. 바로 워홀과 에디의 동행을 보러 온 사람들이었다.

"앤디와 에디!"

"앤디와 에디!"

사람들의 소리가 점점 커졌다. 마침내 사람들은 워홀과 에디 세즈윅을 보기 위해 서로 떠밀고 짓밟혔다. 록 콘서트장에서처럼 흥분한 군중을 통제해야 하는 문제가 발생한 것이다.

워홀과 에디, 그리고 그 일행들은 강철로 된 층계참에서 안전한 장소를 찾았다. 그런 다음, 발코니에 나온 선동 정치가들처럼 아래에 있는 군중을 향해 손을 흔들어주었다. 그리고 마침내 도끼로 천장에 구멍을 뚫은 뒤에야 이 유명 인사들은 위층으로 탈출할 수 있었다.

이와 같은 군중의 행동은 비틀스나 프랭크 시나트라 같은 유명한 음악가들에게는 일반화되어 있었다. 하지만 조용히 질서를 지켜야 하는 미술관의 예술 관련 행사에서 군중이 소란스럽게 열광하는 일은 한 번도 접해보지 못한 일이었다. 위홀도 이런 변화를 그냥 지나치지는 않았다.

그는 이렇게 말했다.

"아무리 팝아트 전시회의 첫날이라도…… 그때 우리는 단순히 미술 전시장에 있었던 것이 아니다. 우리 자신이 바로 전시품이 된 것이다!"

위홀은 이처럼 미술사에 새로운 이야깃거리와 기록들을 남겼고 항상 새로움을 추구했다. 회화뿐만 아니라 조각, 무대 장치, 음반 앨범 재킷 제작, 영화 제작까지 다양한 분야의 예술 작업을 했다.

그중 1966년 카스텔리 화랑에서 열린 전시회는 사람들에게 이전에는 맛보지 못한 새로움을 또 선사했다. 핑크색 황소 머리가 그려진 벽지와 〈은빛 구름〉을 전시하며 위홀은 또다시 많은 사람들의 입에 오르내렸다. 그는 핑크색 황소 머리를 실크스크린으로 작업한 후, 이것을 그림처럼 전시하는 게 아니라 아예 화랑에 벽지처럼 붙였다. 그리고 가로, 세로 121×91센티미터 크기의 은빛 비닐 풍선에 수소를 채워 화랑 안에 띄웠다.

공중에 떠 있는 수십 개의 은빛 풍선들은 마치 구름처럼 보였으며, 은빛 때문에 거울처럼 주변의 사물들을 반사시켰다. 이 풍선들은 빌리 클루버라는 전기 엔지니어의 도움으로 만들었는데, 풍선이 적당한 높이로 뜨게 하는 일이 쉽지는 않았다. 수소를 너무 많이 채우면 천장에 닿았고, 너무 적게 넣으면 뜨지 않고 바닥에 가라앉았기 때문이다.

〈은빛 구름〉은 카스텔리의 제안으로 조그만 수소통을 끼워서 한 개당 50달러에 팔았다. 워홀의 모든 예술 행위는 항상 새로운 것의 창조였다. 기존의 생각들을 깨고, 이미 만들어져 있는 이것과 저것의 구분도 없애고, 예술이라는 영역 자체를 확대시켰다. 오늘날 우리가 앤디 워홀을 기억하는 이유는 그 때문이다.

모든 예술은 서로 통한다

![Andy Warhol]

워홀이 만들면
영화도 달라

언더그라운드 영화 운동에 매료되다

소방서였던 건물에 작업실을 만든 1963년부터 워홀은 영화를
만들기 시작했다. 그는 아방가르드 영화에 관심이 많았으며,
영화배우이자 제작자인 잭 스미스를 만나고부터 영화에 대한
관심을 더욱 키워갔다.

그 당시에는 영화촬영기가 대량으로 생산되었으므로, 누
구든지 16밀리미터 영화촬영기만 있으면 영화를 제작할 수
있었다. 따라서 영화는 할리우드에서만 만들어진다는 생각이

조금씩 변하기 시작했다.

1960년대 초에 워홀은 뉴욕에서 번성한 초기 언더그라운드 영화 운동에 매료되었다. 워홀이 처음 만든 영화에는 식사를 하거나, 잠을 자거나, 머리를 자르거나, 담배를 피우거나, 술을 마시거나, 성행위를 하는 등 일상적인 활동을 하는 보통 사람들의 모습이 담겨 있다. 어떤 사람들은 평범하고 일상적인 이런 활동들이 그가 지금껏 그리던 주제와 소재(수프 캔, 덧문, 냉장고, 잡화점 상자 등)와 일맥상통한다고 생각했다.

워홀은 세상 모든 일이 다 흥미로우며 그보다 유별나게 더 흥미로운 일은 없다고 생각했다. 누구나 다 아는 일의 순수한 매력에 주목했던 워홀은 '누구나 알고, 누구나 하는' 일들을 아무런 연출도 하지 않은 채 그대로 필름에 담아냈다.

게다가 워홀에게 가장 창조적인 시기로 여겨지는 1968년까지의 '실버 팩토리' 시절은 시작 단계부터 많은 사람들이 불쑥 들렀다가 그곳에서 벌어지는 일의 일부가 되기도 했다. 팩토리의 개방성은 당대의 어느 미술 작업실에서 진행되는 새로운 모험들과는 확연히 달랐다. 그곳에서는 예술 창작 작업뿐만 아니라 그보다 훨씬 많은 일들이 함께 진행되었다.

잡화점 상자 프로젝트가 시작될 무렵에 위홀의 영화 작업은 이미 상당히 진행된 상태였고, 특별한 재능은 없어도 매력이 넘치는 많은 이들에게 영화의 세계는 매우 인기 있었다. 위홀의 첫 번째 영화는 상영시간이 6시간이나 되는 〈잠Sleep〉으로, 이 영화는 당시 그와 친구로 지내던 시인 존 조르노John Giorno에게 주는 특별한 선물과도 같았다. 조르노를 스타로 만들어줄 생각이었던 것이다.

위홀과 조르노는 올드림에 있는 화가 챔벌레인의 화실에서 처음 만났다. 위홀은 잠을 두세 시간밖에 안 자고 작업을 하는 것으로 유명했고, 조르노는 시간만 나면 자는 것으로 유명했다. 위홀은 챔벌레인의 집에서 열리는 파티에 참석했다가 조르노가 잠자는 모습을 밤새도록 지켜본 적도 있었다.

어느 날 둘이 함께 뉴욕으로 돌아왔는데, 위홀이 조르노에게 물었다.

"난 영화를 만들 준비를 하고 있어. 너, 스타가 되고 싶지 않아?"

"스타? 좋지. 그럼 내가 맡을 역이 뭔데?"

"넌 잠만 자면 돼. 네가 자는 모습을 영화로 만들고 싶어."

그런 대화를 나눈 지 불과 며칠 후에 위홀은 자신의 작업실에 놀러 온 조르노에게 말했다.

"오늘 영화를 만들어야겠어. 촬영하러 가자."

위홀은 영화촬영기를 들고 조르노와 함께 그의 집으로 갔다. 위홀은 맨해튼에 있는 조르노의 집에 도착해 삼각대를 펴고 카메라를 얹는 것으로 촬영 준비를 끝냈다. 조르노는 위홀의 작업실에서 마신 술 때문에 금방 잠이 들었다.

위홀은 그가 잠든 사이에 촬영을 모두 마치고 집으로 돌아왔다. 위홀은 알몸으로 잠든 조르노의 모든 동작들을 찍었다. 필름에는 조르노의 엉덩이도 담겼고, 성기도 이불로 약간 가린 채 담겼다. 이렇게 해서 위홀은 잠든 인간의 모습을 기록한 세계 최초의 영화를 제작한 것이다.

〈잠〉이라는 제목의 이 영화는 6시간 동안 조르노가 잠을 자면서 이따금 이리저리 몸을 뒤척이는 내용이 전부였다. 위홀의 실크스크린 작품들처럼 같은 장면을 되풀이해서 보여준 셈이다. 그는 실크스크린 작품들에서 보이던 반복과 지루함을 영화라는 3차원 공간과 시간 속에서도 표현한 것이다.

사람들은 누구나 매일 몇 시간씩 잠을 자지만 그 모습을 자신이 볼 수는 없다. 위홀은 조르노의 잠자는 모습을 영화로 만듦으로써 누구나 하는 행위인 '잠'을 사람들에게 보여준 것이다. 이런 영화를 만든 것은 위홀이 처음이었다. 그래머시

1960년대 초에 워홀은 뉴욕에서 번성한 초기 '언더그라운드 영화' 운동에 매료되었다. 워홀이 처음 만든 영화에는 일상 활동을 하고 있는 보통 사람들의 모습이 담겨 있다. 누구나 알고, 누구나 하는 일들을 아무런 연출을 하지 않은 채 그대로 필름에 담아낸 것이다.

아트 극장에서 1964년 1월 17일부터 20일까지 상영된 이 영화는 평론가들과 많은 사람들을 놀라게 했다.

그가 초기에 만든 영화로는 〈잠〉에 이어 여러 사람들의 키스 장면만 모은 〈키스Kiss〉, 한 남자가 머리를 자르는 과정을 담은 30분짜리 〈머리 깎기Hair cut〉, 팝 미술가인 로버트 인디애나가 버섯을 먹는 모습을 45분 동안 찍은 〈먹기Eat〉 등이 있다.

실험성이 강한 영화 〈엠파이어〉로
다시 논란의 중심에 서다

위홀의 영화 중 가장 걸작은 당연히 8시간이 조금 넘는 길이의 영화 〈엠파이어Empire〉다. 이 영화에는 최소한의 사건과 단 한 명의 배우, 그리고 엠파이어스테이트 빌딩이 등장한다. 이 영화는 영화촬영기를 사용해 엠파이어스테이트 빌딩이 한 눈에 보이는 록펠러 센터의 한 창문에서 찍은 뒤, 노출 순서에 따라 필름 롤을 하나씩 연결했다.

〈엠파이어〉는 길고 긴 서사시만큼이나 길었지만, 팩토리 관계자들 중에서 이 촬영에 관여한 사람은 극소수였다. 위홀 자신과 제러드 말랑가, 존 팔머(워홀에게 엠파이어스테이트 빌딩의 초상을 영화에 담아보라는 아이디어를 주었음), 요나스 메카스, 그리고 한두 명 정도가 더 있을 뿐이다.

위홀은 35분짜리 필름을 사용하는 오리콘 카메라를 임대했다. 존 팔머가 제안한 대본에는 분명히 카메라를 좌우로 움직이라고 되어 있지만, 빌딩이 카메라 프레임에 들어오자 위홀은 마음을 바꾸었다.

"필름을 갈아 끼우는 것 외에는 아무것도 하지 않아야 해. 주인공은 카메라가 아니라 빌딩이야."

이렇게 제작된 영화 〈엠파이어〉에서는 아무 일도 벌어지지 않는다. 위홀의 영화 작업에 대해 가장 유명한 전문가인 캘리 앤젤은 이렇게 표현했다.

"해가 지고 빌딩 외부의 투광 조명에 갑자기 불이 켜지는 등 극적인 변화가 일어난 첫 번째 릴이 끝나자, 어쩌다 한 번씩 조명이 깜빡이는 것 외에는 영화에 아무런 움직임도 나타나지 않았다…… 마지막 릴이 시작되기 전에 투광 조명이 다시 꺼졌다."

〈엠파이어〉는 35분짜리 필름 12통을 사용한 총 8시간짜리 영화이다. 이 영화는 오후 6시부터 촬영을 시작했는데, 시간이 지나면서 도시에 어둠이 깔리자 엠파이어스테이트 빌딩의 사무실에 불이 켜지기 시작했다. 빌딩은 불빛으로 점점 밝아졌고 얼마 후 환해졌다.

그 모습을 보고 워홀은 이렇게 말했다.

"엠파이어 빌딩은 별이다!"

새벽 1시쯤 되자 사무실의 불들이 꺼지기 시작했고, 빌딩은 어둠 속으로 사라져갔다. 그러자 워홀은 30분쯤 후에 촬영을 끝냈다.

〈엠파이어〉는 1965년 3월에 시청 극장에서 상영되어 많은 사람들의 입에 오르내리며 호평을 받았다. 물론 워홀의 영화들은 실험적인 요소가 많아 호평을 받기도 했지만, 때로는 혹평을 받기도 했다. 그만큼 늘 논란의 주인공이 되는 것이다.

워홀은 혹평조차도 자신과 자신의 영화에 대한 관심으로 받아들이며 그것을 즐겼다. 그가 원하는 것은 호평이 아니라 영화 제작자로서의 재능을 인정받는 것이었기 때문이다. 결국 〈잠〉, 〈머리 깎기〉, 〈먹기〉, 〈키스〉, 〈엠파이어〉로 독립영화 제작자에게 주는 상을 받음으로써 그의 소망은 이루어졌다.

워홀이 만든 영화들 중에는 1964년부터 촬영하기 시작한 이른바 〈스크린 테스트〉라는 것이 300편이나 된다. 이 영화가 팩토리를 들락거리는 사람들의 명단을 조금씩 바꾸기 시작했다. 워홀은 자기가 흥미롭거나 매력적이라고 생각하는 이들에게 팩토리에 들러 스크린 테스트를 받아보라고 권했다.

이들 가운데 상당수는 팩토리의 분위기가 마음에 들어 자주 드나들었으며, 영화 작업을 돕거나 배우로 활약하기도 했다. 그러다가 '슈퍼스타'가 된 사람도 있다.

1964년에도 워홀은 계속해서 성공을 향해 달렸다. 카스텔리 화랑에서 〈꽃〉 그림이 모두 팔린 것도 성공이었지만, 그가 만든 네 편의 영화들이 뉴욕 영화제에 출품된 것이다. 영화를 제작한 지 얼마 되지 않은 시기에 이런 일이 가능했다는 것은 그에게 또 다른 재능과 성공의 가능성을 보여준 것이었다.

미술로 얻은 '부'를 영화를 위해 쓰다

1965년 무렵에는 〈캠벨 수프 통조림〉, 〈브릴로 상자〉, 〈직접 해보세요(꽃)〉, 〈마릴린〉, 〈재키Jackie〉, 〈엘비스〉, 〈리즈 테일러Liz Taylor〉(엘리자베스 테일러의 애칭), 〈모나리자〉, 〈S&H 그린 스탬프S&H Green Stamps〉, 〈달러 지폐〉, 죽음과 재난 시리즈 등 워홀에게 예술가로서의 명성을 안겨준 작품들 대부분이 이미 완성된 상태였다.

바로 그해에 파리의 소나벤드 화랑에서 〈꽃〉 그림을 전시한 워홀은 회화 분야에서 은퇴하겠다고 공식 발표했다.

"이제 회화에서 벗어나야 한다는 것을 알고 있다."

그는 한 인터뷰에서 이렇게 말했다.

"뭔가 새롭고 색다른 것을 찾아야 할 때다."

그의 계획은 영화 제작에만 몰두하는 것이었다. 물론 영화 사업에 필요한 재정을 마련하기 위해서라도 그림과 판화는 계속 제작했다. 하지만 영화(나중에는 비디오)는 회화 같은 이런 전통적인 예술의 표현 수단이 뭔가 부족한 것처럼 여기게 만들었다.

워홀은 이렇게 단언했다.

"더 이상 그림을 통해 뭔가를 보여줄 수 있는 사람은 없다. 적어도 영화에서처럼 보여주는 것은 불가능하다."

유례없는 영화들이 아방가르드 예술가인 워홀의 창작 욕구에 한층 더 불을 붙인 것도 사실이다. 하지만 그는 영화제작자로서 품고 있던 야심을 아직 완전히 보여주지는 못했다. 그는 실험예술의 최첨단에 서 있는 것만으로는 만족하지 않았다. 그는 할리우드에서 제작한 영화가 크게 성공했을 때 얻을 수 있는 것과 맞먹는 유명세와 상업적인 성공을 원했다.

비록 원하는 대로 되지는 않았지만 워홀은 계속해서 새로운 형태의 영화를 만들었으며, 꺼지지 않는 예술적 욕망을 키워나갔다.

1966년에 만든 〈첼시의 소녀들The Chelsea Girls〉에서는 흑백과 컬러를 섞어 편집했고, 팩토리의 동료들을 '첼시 호텔'에 묵는 손님들로 등장시켰다. 영화에는 마약중독자, 정신병자, 노출증과 외설적인 장면이 자유롭게 담겨져 있는데, 뉴욕의 언더그라운드 문화를 그대로 보여주는 것이라 할 수 있다. 〈첼시의 소녀들〉은 큰 성공을 거두었다.

〈첼시의 소녀들〉로 크게 성공한 1966년 무렵에는 팩토리의 변신이 거의 완료된 상태였다. 팩토리는 자유분방한 분위기를 잃지 않으면서도 사람들이 기꺼이 돈을 내고 볼 만한 가치 있는 영화를 제작하기 위해서 매우 능률적인 기구로 변신했다.

가정용 비디오카메라 제조업체가 워홀에게 기기를 빌려주기도 했다. 그 이유는 그가 영화제작자로 인식되기 시작했기 때문인데, 1964년에는 영화 잡지인 《필름 컬처Film Culture》가

수여하는 독립영화상을 받기도 했다. 따라서 비디오카메라 제조업체는 그가 어떤 결과물을 내놓을지 알아보기 위해서 기기를 빌려준 것이 분명했다.

위홀이 처음 내놓은 결과물은 평범한 생활을 하는 평범한 사람들이 가정용 비디오카메라를 사용해서 나온 것과 크게 다르지 않았다. 위홀은 팩토리를 자기 집처럼 드나드는 유명 인사들의 모습을 테이프에 담았다. 에디 세즈윅, 온딘, 빌리 네임 등등이 주인공으로, 처음 찍은 이 비디오들은 자가自家 제작 영화의 형식을 띠었다.

이러한 형식은 예술 작품에 예술가의 시선이나 손길이 닿은 흔적을 제거하려 했다는 점에서 아방가르드적 정신과 일맥상통한다.

위홀을 포함해 1960년대 중반의 아방가르드 예술가들은 '예술가의 손길이 느껴지지 않는 것들로 이루어진 예술'을 추구한 마르셀 뒤샹의 후예들이다. 단지 카메라를 삼각대에 얹어 고정시킨 뒤 아무런 방해도 받지 않고 계속 돌아가게 놔둔다는 것은 이러한 아방가르드 미학을 선명하게 보여주고 있다. 심지어 그는 〈스크린 테스트〉에서 드러나는 것처럼 카메라에서 한 발 물러나 촬영 대상이 죽든 살든 그냥 내버려두기까지 했다.

위홀은 그 뒤로도 계속 많은 영화를 제작했다. 영화는 성공적일 때도 있고 사람들에게 외면당할 때도 있었지만, 그에게 큰돈을 안겨주지는 않았다. 그래서 그는 영화 제작을 위해 실크스크린 작업을 계속하기도 했다.

1976년에는 조합 사람들과 함께 뉴욕에서 35밀리미터 필름으로 〈앤디 위홀의 배드Andy Warhol's Bad〉를 촬영했다. 출연진은 앤디 위홀과 친한 스타들로 구성되었다. 영화는 좋은 평가를 받았다.

영화평론가인 빈센트 캔비는《뉴욕타임스》에서 그 영화를 이렇게 평했다.

"지금까지 본 앤디 위홀의 영화 중 가장 깨어 있는 영화다."

앤디 위홀은 자기 자신을 한 가지 이름에 가둬두는 것을 싫어했다. 회화는 물론이고 조각을 비롯한 설치예술, 그리고 영화 제작까지 무엇이든 새로운 시각으로 접근했다. 음반 앨범 재킷과 정치 포스터에서도 그의 실험적이고 기발한 아이디어는 빛을 발했다.

그는 작품을 만드는 과정뿐만 아니라 자기 자신까지도 여러 가지 예술적 실험의 대상으로 삼은 사람처럼 보인다. 그에게는 평범한 일상과 예술적 삶의 구분이 없었다. 그것이 바로 워홀의 예술을 가장 워홀답게 하는 것이다.

Andy Warhol

뜻하지 않게
총상을 입다

워홀의 작업실 '팩토리'는 인생극장

워홀의 작업실인 '팩토리'는 다양한 사람들이 자유롭게 드나
드는 곳이었다. 그러다보니 별의별 일들이 다 벌어졌다. 사회
의 음지에서 생기는 일들, 예를 들어 마약 복용 같은 일들도
일어났다. 뿐만 아니라 그곳을 드나드는 많은 예술가 지망생
들 사이에는 워홀의 눈에 들기 위해 서로 경쟁하는 분위기까
지 연출되었다.

　관찰하는 것을 좋아하는 워홀로서는 서로 미워하고 질투

하는 사람들을 구경하는 재미도 있었으며, 팩토리 안에서 생겨나는 긴장과 대결의 장면들을 종종 영화의 소재로 삼기도 했다.

그런데 팩토리를 드나드는 사람들 중에 발레리 솔라니스 Valerie Solanis라는 여성이 있었는데, 그다지 눈에 띄는 사람은 아니었다. 하지만 그녀는 곧 팩토리의 역사에서 가장 큰 사건을 일으키는 장본인이 된다. 솔라니스는 스스로를 페미니스트라고 소개했으며, '스컴SCUM'(남성근절모임)의 설립자이자 유일한 회원이었다.

1967년 어느 날, 그녀는 워홀에게 전화를 걸어 〈빌어먹을〉이라는 제목의 영화 대본을 넘기겠다고 제안했다.

그 대본을 받아본 워홀은 이렇게 말했다.

"내가 보기에 이건 너무 지나치게 외설적이라서 영화로 만들긴 어렵겠소."

사실 워홀은 솔라니스가 함정 수사를 하고 있는 여자 경찰일지도 모른다고 생각했다. 그러다가 며칠 후에 솔라니스가 워홀에게 대본을 돌려달라고 했지만, 워홀은 돌려줄 수가 없었다. 어디에 두었는지 찾아도 보이지 않았기 때문이다.

"대본을 아무리 찾아도 없군요."

"남의 대본을 꿀꺽하다니, 그럴 수는 없어요. 그럼 대본 대신 돈으로 배상하세요."

그때부터 솔라니스는 위홀에게 돈을 내놓으라고 성가시게 굴었다.

위홀은 당시 촬영 중이던 영화 〈나, 남자I, a Man〉에 그녀가 출연해 연기를 하면 돈을 주겠다고 대답했다. 그러자 그녀는 실제로 이 영화에 출연해 상당히 재치 있는 연기를 보여주었다. 위홀은 그 후에 약속대로 돈을 주었다. 하지만 솔라니스는 대본을 찾아야겠다는 의지를 강하게 내비치며, 잃어버린 대본을 돌려달라는 요구를 계속했다.

결국 그해 6월 3일, 솔라니스는 위홀을 응징하기로 결심했다. 그녀는 위홀이 팩토리에 도착하기를 기다렸다가 함께 승강기를 타고 위층으로 올라갔다.

그녀는 진한 화장을 하고 두꺼운 양털 코트를 입고 있었는데, 코트의 양쪽 주머니에는 권총이 한 자루씩 들어 있었다. 그렇게 두꺼운 코트를 입은 것은 옷 자체에 이목을 집중시키기 위해서라기보다는(물론 이목이 집중되기는 했지만) 가지고 있던 권총을 숨기기 위해서였음이 분명하다.

미친 사람과 친하게 지낸 덕분에

팩토리 사람들 가운데 솔라니스를 두려운 존재로 생각한 사람은 아무도 없었다. 이런 태도는 일반적으로 '미친 사람들은 타인에게 별로 해를 끼치지 않는다'는 워홀의 시각을 뒷받침했다. 분별 있는 사람에게 그녀는 그저 성가신 존재일 뿐이었다.

그녀는 사전에 위협을 가하거나 경고를 하지도 않았다. 그리고는 이날, 승강기에서 내리자마자 무작정 워홀에게 총을 쏘기 시작했다. 첫 두 발이 워홀을 맞추지 못하고 빗나가자, 이번에는 책상 밑으로 몸을 숨긴 워홀을 향해 총을 쏘았다. 세 번째 총알은 워홀의 오른쪽 옆구리를 뚫고 등 왼편으로 관통했다. 솔라니스는 미국과 런던을 오가며 거주하는 미술전문가 마리오 아마요를 쏜 뒤에 프레드 휴즈를 쏠까 말까 망설였다.

이때 승강기 문이 열리자, 휴즈가 단호하게 말했다.

"저기 승강기 문이 열렸어. 그냥 떠나!"

솔라니스는 워홀이 살아날 수 있을지 알 수 없는 상태에서 아수라장이 된 팩토리를 뒤로한 채 그 자리를 떴다.

병원으로 실려간 워홀은 한 시간 반 동안이나 거의 죽은 사람과 똑같은 상태로 누워 있었다. 그는 비장을 제거하는 수술을 포함해 다섯 시간 반에 걸친 대수술을 받은 다음 살아났다.

한편, 워홀을 쏜 솔라니스는 그날 저녁 7시에 교통경찰에게 자수했다.

"제가 워홀을 쏜 이유는, 그가 제 인생에 너무 큰 영향력을 발휘했기 때문입니다."

솔라니스는 자신의 충동적인 행동에 대해 아주 담담하게 설명했다. 그 후 재판 심리 과정에서 솔라니스는 앳킨슨 같은 고위 페미니스트들에게 칭찬을 받았다. 그들은 그녀를 가리켜 '최초의 걸출한 여권 투사'라고 불렀다.

재판 과정에서 그녀는 뉘우치는 모습을 보이지 않았다. 심지어 워홀이 자기 대본을 돌려주지 않은 대가로 2만 달러를 지불해야 한다는 요구를 하기까지 했다. 그녀는 이후 죽을 때까지 계속 감옥과 정신병원을 드나들었는데, 언제든 다시 워홀의 뒤를 쫓아갈 수 있다고 말했다.

워홀은 심장 절개 마사지를 받고 살아날 때까지 실제로 죽은(혹은 임상적으로 죽은) 상태였다. 솔라니스가 쏜 총알은 워홀에게 치명적인 손상을 입혔다. 총알이 그의 오른쪽 옆구리를 뚫고 들어가 폐를 관통한 뒤에 목과 쓸개, 간, 비장, 창자를 지나 왼쪽 등으로 튀어나오면서 커다란 구멍을 남겼기 때문이다. 이 소식을 접하고 달려온 사진작가 리처드 애버던과 뛰어난 초상화가인 앨리스 닐은 자신의 작품 가운데 워홀의 흉터를 보여주는 유명한 이미지를 몇 장 남겼다.

워홀의 총격 사건은 세상을 떠들썩하게 만들었지만, 곧바비 케네디 대통령이 암살당하는 바람에 신문 1면에서 밀려났다.

워홀은 병원에서 치료를 받았고, 그의 몸은 더디게 회복되었다. 어느 정도 몸이 회복된 후에 1968년 9월에는 다시 작업실에서 그림을 그릴 수 있게 되었다.

하지만 그는 이 총격 사건으로 평생 간헐적인 통증에 시달려야 했다. 또한 부상의 후유증 때문에 평생 코르셋을 입고 지냈으며, 그토록 싫어하던 병원을 자주 들락거리는 신세가 되었다.

총격 사건이 있은 지 10년이 더 지난 1982년, 워홀은 아스펜에서 스키를 타며 휴가를 보내고 돌아온 뒤 일기장에 이렇게 썼다.

"난 아직도 저격 부상의 후유증을 안고 살아가고 있다."

그는 솔라니스가 또다시 자신을 암살하려고 찾아올지도 모른다는 두려움에 시달리기도 했다.

워홀은 역시 달라

솔라니스의 총격 사건이 일어난 직후부터 워홀의 작품 가격은 하늘 높은 줄 모르게 올라가기 시작했다. 워홀이 죽을 거라는 소문이 돌면서 평소 그의 가치를 인정하던 사람들이 그의 작품을 경쟁적으로 구입하기 시작했기 때문이다.

1970년 경매에서는 수프 캔 그림이 6만 달러에 팔렸는데, 그 당시 생존한 미국 화가들의 작품 중에서 가장 높은 가격이었다. 같은 해에는 런던, 파리, 로스앤젤레스, 시카고를 거쳐 뉴욕에서 마무리되는 국제적인 장기 순회 전시회도 있었다. 워홀의 명성은 바다 건너 외국으로까지 뻗어 나갔다.

한편 솔라니스의 저격 사건으로 미국 사회, 적어도 미국 예술계에서의 워홀의 위치를 생각해볼 수 있다. 미국 예술가들 가운데 총격을 당했을 때 신문 1면의 머리기사를 장식할 수 있는 사람은 과연 몇 명이나 될까?《뉴욕 포스트》는 워홀이 누구인지 독자들이 이미 알고 있으며, 자세한 사건 내용을 알고 싶어서라도 신문을 살 것이라는 전제 아래 〈앤디 워홀, 생사의 기로에 서다〉라는 제목을 뽑았다. 당시에 미국 예술가들 가운데 이런 전제가 가능한 사람은 워홀밖에 없었다.

《뉴욕 포스트》 독자들은 그가 〈캠벨 수프 통조림〉을 그린 사람이라는 것을 알고 있었다. 그는 회화 분야를 포기했지만 대중의 머릿속에는 여전히 화가로 남아 있었던 것이다. 그가 이제 그림을 그리는 대신 영화를 만든다는 것도 대중이 생각하기에는 영화도 제작하는 예술가라는 의미일 뿐이다.

워홀은 예술가의 개념을 확대해서 자기 작품을 특정 장르와 매체에만 국한시키지 않는 것이 예술가라는 인식을 사람들에게 심어주었다. '예술가는 어떤 매체든지 있는 그대로 사용하는 자유분방한 사람'이라는 개념을 새롭게 만들어낸 것이다. 그래서인지 제아무리 독창적인 예술가라도 그와 비교하면 전통적인 예술가의 삶을 사는 것처럼 보인다.

그는 적어도 자신의 경우에는 회화가 이미 완성된 단계라고 고집해왔다. 그렇다고 해서 예술가적인 삶까지 포기한 것은 아니다. 그저 더 이상 그림을 그리지 않고도 계속 예술가로 살아갈 수 있는 방법을 찾아낸 것뿐이다.

1970년에 워홀은 패서디나 미술관 큐레이터인 존 코플랜즈와 함께 순회 회고전을 여는 문제에 대해 논의했다. 이 순회 회고전은 1971년 봄에 휘트니 미술관에서 그 여정을 마무리했다. 도나 디 살보가 〈손으로 그린 팝아트〉라고 명명한 회고전에는 수프 캔이나 잡화점 상자, 여러 아이콘들의 초상화, 죽음과 재난의 이미지, 그리고 〈꽃〉처럼 시리즈로 제작한 작품들만 포함되었다. 워홀이 그렇게 하기를 원했기 때문이다.

워홀은 마치 자신이 1960년의 활발한 작품 활동을 통해 시리즈물만 생산하는 기계가 된 듯한 느낌이 들었는지도 모른다. 그런데 신기하게도, 기계가 된 듯한 그를 대중은 오히려 예술가로 기억하는 것이다. 이것이 바로 '워홀은 타고난 예술적 감각을 지닌 천재'라는 사실을 반증하는 게 아닐까 싶다.

주문 초상화를
그리다

초상화도 그의 손을 거치면 예술이다

위홀의 작품을 말할 때 빠뜨릴 수 없는 것이 초상화이다. 물론 위홀이 그린 초상화는 모델을 앉혀놓고 유화로 캔버스에 그리는 것이 아니었다. 위홀은 초상화도 사진을 보고 실크스크린으로 작업해서 작품을 완성했다.

그의 초상화 작품에는 영화배우나 가수 등 스타들과 유명 인사들의 초상화가 많았다. 그중 마릴린 먼로의 초상화는 위홀의 예술철학이 두드러지는 작품이다.

마릴린 먼로는 페루스 화랑에서 열린 워홀의 전시회가 끝나던 날에 자살했다. 할리우드에서 스타 중의 스타였고, 만인의 사랑을 받았던 그녀가 왜 스스로 목숨을 끊었는지 사람들은 이해할 수 없었다. 언론 매체는 사람들의 그러한 관심을 놓치지 않고 몇 주 동안 계속해서 그녀의 일생을 다루었다. 따라서 대중적인 이미지와 주제를 그리던 워홀에게 마릴린 먼로는 좋은 소재였다. 죽은 뒤에도 살아 있을 때 못지않게 사람들의 사랑과 관심을 받고 있으니 말이다.

위홀은 성화 속의 성인을 그릴 때처럼 그녀의 아름다운 얼굴 주위에 금박을 둘러 그렸다. 그녀는 슬픔의 성녀 마릴린이었다. 그녀의 아름다움은 가면이었다. 위홀이 지닌 상업미술가로서의 뛰어난 솜씨가 그녀를 그리기 시작했을 때 큰 도움이 되었다.

위홀은 영화 〈나이아가라Niagara〉의 홍보용 사진에 나온 그녀의 얼굴 주위에 테두리를 그리고, 그것을 실크스크린으로 제작했다. 이를 통해 그녀의 얼굴은 몇 번이고 되풀이해서 복제할 수 있는 가면이 되었다. 실제로 위홀은 〈마릴린〉 그림을 24점이나 제작했다. 그 가운데 가장 볼 만한 작품은 스테이블 화랑에서 열린 첫 번째 전시회에 포함된 〈마릴린 두 폭Marilyn

Diptych〉이다.

〈마릴린 두 폭〉에는 연황색 머리카락과 연두색 아이섀도, 끈적거리는 듯한 붉은 립스틱 등 매우 화려한 색상이 사용되었다. 이 작품에는 스물다섯 개의 마릴린 먼로 그림이 두 세트 있는데, 왼쪽은 채색이 되어 있고 오른쪽은 흑백이다. 채색이 된 쪽은 진동 촬영이기는 해도 꽤나 획일적인 반면, 흑백 쪽은 확실한 변화가 있다.

예컨대 왼쪽에서 두 번째 줄의 경우에는 얼굴에 검은 그림자가 덮인 것처럼 스크린에 검은 잉크가 얼룩져 있다. 그러다가 점점 형체가 흐릿해져서 오른쪽 윗부분의 얼굴은 세상에서 희미하게 사라지는 듯한 느낌을 준다. 이것은 여전히 미소를 띤 채로 죽어가는 그녀의 모습을 그림으로 표현한 것이다.

마릴린 먼로를 비롯한 엘비스 프레슬리나 엘리자베스 테일러 등 대중적인 슈퍼스타들의 초상화 작업은 워홀의 특허품이 되었다. 이렇듯 워홀은 스타들의 초상화 작업을 함으로써 다른 팝아트 예술가들과 구별되었다.

워홀이 초창기에 그린 초상화들 중에서 가장 큰 논란을 일으킨 작품은 〈13명의 지명 수배자〉일 것이다. 1964년의 세계 박람회를 준비하면서 '뉴욕스테이트 파빌리온'을 설계했던 건축가 필립 존슨은 팝아트 예술가들이 건물 외벽에 작품을 전시할 수 있도록 해주었다. 워홀도 작품을 전시했는데, 그것이 바로 가로, 세로 120×120센티미터의 패널 25개에 남자들의 정면 얼굴과 옆모습을 담은 〈13명의 지명 수배자〉였다. 물론 실크스크린으로 작업한 것이었다.

그런데 이 작품은 얼마 지나지 않아 은색 스프레이를 뿌려 가려지고 말았다. 열세 명의 지명 수배자들 중에는 이미 복역을 마치고 석방된 사람들이 있었다. 바로 그들이 고소를 하겠다고 난리를 피웠기 때문에 세계박람회 조직위원회에서 철거하라고 한 것이다. 그러자 워홀은 작품을 철거하는 대신 그 위에 은색 스프레이를 뿌렸다. 작품을 철거하는 방법도 워홀다웠다.

현실을 개척하는 특별한 기질

1970년대에 들어서자 연예계의 스타뿐만 아니라 다른 분야의 유명 인사나 부자들도 워홀에게 초상화를 그려달라고 부탁하기 시작했다. 그중에는 독일의 총리 빌리 브란트, 디자이너

조르지오 아르마니, 피아트자동차 회장인 조반니 아그넬리 등이 있다.

이처럼 스스로 초상화를 의뢰하는 사람들도 있었지만, 워홀이 직접 초상화를 의뢰할 사람들을 찾아나서기도 했다. 이 점이 또 워홀의 특징을 드러내는 부분이다. 예술계에서 이름을 떨치고 있는 화가가 사람들에게 초상화를 그리라고 권하고, 그들에게 주문을 받는 행위는 예술가답지 못하다고 볼 수도 있다. 하지만 워홀은 언제나처럼 그런 고정관념에 대해서는 신경 쓰지 않았다.

그래서 워홀은 1970년대 초부터 죽기 직전까지 초상화를 의뢰할 사람들을 찾아다녔다. 그가 초상화 작업을 멈추지 않았던 이유 중에는 경제적인 이유도 있었다. 초상화를 그림으로써 벌어들이는 수입이 전체 소득에서 큰 부분을 차지했기 때문이다.

일반적으로 사람들은 예술 행위를 경제적 활동으로 여기는 것을 천박하다고 생각한다. 그와 달리 워홀은 예술 활동도 당연히 돈을 버는 일이어야 하며, 돈은 살아가는 데 중요하다고 생각했다. 그래서 전시회를 위한 작업을 할 때도 그의 작업실 한편에는 항상 작업 중이던 초상화가 있었다. 그는 친구들이나 미술품 거래상들, 그리고 팩토리에서 일하는 사람들을 포함해 누구든 초상화 의뢰를 받아오면 수수료를 주었다.

1960년대 댄스 그룹인 '피할 수 없는 플라스틱 폭발 Exploding Plastic Inevitable'의 댄서이자 1970년대 워홀의 조수 노릇을 했던 로니 커트론은 언젠가 이렇게 말했다.

"팝아트의 시대는 끝나고, 다양하고 새로운 방법들이 시도되었다. 그런 와중에 그는 계속해서 꾸려나가야 할 사무실이 있었고 그의 도움이 필요하다고 느껴지는 잡지도 있었다. 1960년대 이후 마릴린 먼로, 엘리자베스 테일러, 엘비스 프레슬리, 말런 브랜도 같은 유명한 연예인들의 초상화를 그렸던 워홀······. 그가 연예인은 아니지만 개인적인 관계가 있는 사람들의 초상화를 그리기 시작한 것은 지극히 자연스러운 발전이었다. 어떤 면에서 볼 때 그것은 모든 사람이 평등하다는 사실을 깨우쳐주는 것이었다."

실제로 워홀은 1960년대에도 미술품수집가 에셜 스컬, 화랑 주인 홀리 솔로몬, 그리고 해피 록펠러처럼 스타가 아닌 사람들의 초상화를 의뢰받아 그린 적이 있다.

워홀이 그리는 초상화의 모델들은 이젤 뒤에 앉아 있지 않았다. 그는 초상화를 그리기 위해 사진을 이용했다. 그는 가장 먼저 초상화를 의뢰한 대상을 폴라로이드 사진기로 찍었는데, 전부 60장을 찍었다. 그가 사용한 카메라는 오로지 폴라로이드의 빅 샷 카메라였다. 그런데 그 모델이 더 이상 시중에서 판매되지 않는다는 소식을 듣자 폴라로이드사에 전화를 걸었다.

"빅 샷 카메라를 더 이상 생산하지 않는다는 소식을 들었습니다. 지금 현재 회사에 남아 있는 재고가 있습니까? 그 재고를 모두 제가 사고 싶습니다."

그렇게 해서 워홀은 남아 있는 카메라를 전부 구입하기로 폴라로이드사와 특별 계약을 맺었다.

워홀은 초상화 의뢰자를 찍은 60장의 사진 중에서 잘 나온 4장을 골라 실크스크린 작업을 했다. 조수와 함께 작업했는데, 먼저 20×25센티미터의 아세테이트 필름에 뚜렷한 이미지를 만들었다. 그런 다음 그중에서 하나의 이미지를 선택해 어떤 곳을 자를지 결정했고, 될 수 있으면 이미지를 매력적으로 보이도록 손질했다. 목을 길게 하거나, 코를 깎아 다듬거나, 입술을 확대하거나, 얼굴색을 보기 좋게 밝게 했다. 그는 이렇게 작업한 20×25센티미터 이미지를 100×100센티미터 아세테이트 필름에 확대시켰다.

"남자는 피부색으로, 여자는 분홍빛이 더 많이 도는 피부색으로 캔버스를 항상 준비해놓도록 해요."

위홀이 조수들에게 이렇게 말한 이유는, 초상화 의뢰가 들어오면 언제나 곧장 작업할 수 있게 하기 위해서였다.

사람들이 욕을 해도 내겐 별 상관없어

그는 먹지를 투사지 밑에 두고 100×100센티미터 크기의 아세테이트 필름 이미지를 미리 준비한 피부색 캔버스에 베껴낸 후에 색이 있는 부분을 도색한다. 그런 다음, 실크스크린이 준비되면 사진의 세세한 부분들은 미리 도색된 부분과 함께 캔버스에 투영한다.

이 과정을 거침으로써 초상화는 이미지가 움직이는 듯한 느낌을 갖게 되는데, 이것이 바로 앤디 워홀의 초상화가 지닌 특징이었다.

그리고 위홀이 고안한 캔버스 네 개로 구성된 초상화는 경제적인 의미가 컸다. 캔버스 하나짜리 초상화의 가격은 2만 5,000달러인 반면, 뒤이어 등장하는 캔버스는 가격이 점점 내려가 결국 네 번째 캔버스는 가격이 5,000달러까지 내려간다. 이는 상당히 저렴한 가격이므로 흥정할 수가 없다. 게다가 워홀에게 초상화를 주문한 이들은 유명 인사뿐만 아니라 대부분 재력가들이었기 때문에 결국 캔버스 네 개를 다 사갔다.

초상화를 의뢰받아 그리던 이 시기에 워홀은 많은 목격자들이 있는 수많은 일화들을 남겼다. 예를 들어 권투선수 무하마드 알리의 초상화를 그리기 위해 사진을 찍을 때의 이야기다. 워홀은 알리의 사진을 찍기 위해 펜실베이니아 주에 있는 훈련 캠프로 갔다. 워홀을 만난 알리는 혼자서 인종차별, 매춘과 동성애의 죄악성에 대해 큰소리로 쉬지 않고 떠들었다. 그러나 워홀은 아무 대꾸도 하지 않고 폴라로이드 카메라로 사진만 계속해서 찍었다.

그리고 마지막에 알리에게 다가가 이렇게 말했다.

"당신이 떠들어대지 않을 장소는 없을까요?"

어쨌든 워홀은 1980년대까지 초상화를 의뢰받아 그렸으며, 그런 그를 안 좋게 보는 사람들도 많았다. 예술계에서는 워홀이 마치 공산품을 주문받아 제작하는 것처럼 생각했고, 그가 사람들에게 초상화를 의뢰받아 그리는 것은 전통에 어긋나는 행위라고 비난했다.

하지만 워홀은 그런 시선에도 아랑곳하지 않고 계속해서 주문 초상화를 그렸으며, 오히려 그 작업을 좋아했다. 마치 악동 같았던 그는, 창조 세계에는 반드시 따라야 하는 규칙 같은 것은 없다고 생각한 사람이었다. 그러한 생각은 그가 기존의 것을 탈피하고 항상 새로운 것을 추구하는 예술가로 자리매김하게 만들었다. 로버트 라우센버그가 한 말은 그의 특징을 잘 드러낸다.

"착한 워홀은 진정한 워홀이 아니지. 사람이 이보다 짓궂을 수 있을까? 워홀은 예술사학자들에게 아주 골칫거리다. 워홀이 일부러 예술사를 무시하는지, 아니면 아무 생각도 없는 것인지는 중요하지 않다. 중요한 것은 우리의 삶에 그가 폭발적인 영향을 주고 있다는 거다."

잡지《인터뷰》를
발간하다

이번에는 잡지야!

1969년 여름의 어느 날이었다. 신문《다른 장면들Other Scenes》의 발행인 존 윌콕이 여느 때처럼 팩토리를 찾아왔다.

위홀은 윌콕에게 퉁명한 표정으로 말했다.

"생각보다 영화로 돈을 벌기가 어렵군. 난 영화로 100만 달러 정도를 벌고 싶은데 말이야."

그 말을 들은 윌콕이 위홀에게 물었다.

"자네는 왜 신문이나 잡지를 만들지 않아? 자네가 만드는 잡지라면 흥미로울 텐데……. 잡지에서 자네가 할 수 있는 일이 많을 거야. 그리고 그게 돈이 돼."

"잡지?"

다른 사람들에게서 작품의 소재에 대한 아이디어를 많이 얻는 것으로 유명한 워홀은, 새로운 사업을 할 때도 다른 사람의 의견을 잘 받아들였다. 하지만 막상 일을 진행할 때는 자신이 주체가 되어 결정을 내리며 다른 사람의 간섭을 받는 것을 무척 싫어했다.

예를 들어 나중에 제작하게 되는 텔레비전 프로그램 〈앤디 워홀의 15분Andy Warhol's Fifteen Minutes〉을 만들 때의 일이다. 방송사 측에서 프로그램의 제작비를 지원하고 황금시간대에 방송될 수 있도록 하겠다는 제안을 했다. 그러나 워홀은 그들이 제작과정을 간섭할 것으로 보였기 때문에 그 제안을 받아들이지 않았다. 제안을 받아들였더라면 〈앤디 워홀의 15분〉은 더 오랫동안 방송될 수 있었을지도 모른다. 하지만 대신에 그 방송은 워홀답지 못한 방송이 되었을 것이다.

어쨌든 잡지를 해보는 게 어떻겠느냐는 월콕의 말은 워홀에게 무척 매력적이고 흥미롭게 들렸다.

"좋아! 잡지를 만들겠어. 내가 그 부분에 경험이 없으니 자네가 좀 도와주면 어떻겠나? 돈은 내가 댈 테니 편집 업무를 맡아주게. 물론 잡지의 방향은 내가 잡겠지만 기술적인 부분은 모르니까 말이야."

"좋아! 함께 해보자고. 근데 자넨 잡지가 어떤 분위기였으면 좋겠어?"

"난 내가 만드는 잡지가 아주 혁명적이고, 롤링 스톤스(영국의 록 그룹)처럼 되기를 바라네."

1969년 8월, 위홀은 이렇게 잡지 발행이라는 또 하나의 새로운 사업을 시작하게 되었다. 처음에는 잡지 이름을 '앤디 위홀의 인터뷰'로 정했다가 얼마 지나지 않아 '인터뷰'로 바꾸었다.

월콕의 제안으로 시작한 잡지였고 월콕이 편집을 맡았지만, 실제로 그가 하는 일은 별로 없었다. 위홀은 제러드 말랑가에게 편집을 맡기고, 그와 함께 주로 두 사람이 잡지를 만들었다. 그리고 얼마 후 월콕은 영국으로 가면서 위홀에게 자신의 지분을 사라며 6,000달러를 요구했다. 위홀은 잡지 발행으로 수익을 올리지 않은 때여서 그 금액이 많은 편이었다.

하지만 위홀은 5,000달러와 자신의 그림 두 점을 줌으로써 월콕을 잡지에서 완전히 떼어냈다. 그리고 사람들에게 자신만의 잡지라는 것을 잡지 겉표지를 통해 알리기 시작했다.

남이 안 하는 스타일의 잡지를 원해

워홀이 잡지를 만든 가장 큰 이유는 윌콕의 제안처럼 돈을 벌기 위해서가 아니었다. 그는 잡지를 통해 자신의 영화를 알리고, 한편으로 스타들의 숨겨진 이야기들을 세상에 알리고 싶었다. 그리고 또 한 가지가 더 있는데, 늘 인터뷰를 당하던 스타들이 거꾸로 워홀 자신을 인터뷰해주기를 바랐다. 그런 시도는 지금까지의 잡지에서는 볼 수 없는 것이었다.

큰 수익을 올리는 것만이 잡지 발행의 목표는 아니었지만, 워홀은 잡지가 돈을 벌게 해줄 것이라고 믿었다. 그는 자신과 새롭게 만나거나 알게 된 사람들의 이야기를 사진과 함께 잡지에 실었다. 그리고 그 사진들은 종종 그가 제작하는 초상화의 소재가 되기도 했다.

《인터뷰》를 이야기할 때 빠뜨릴 수 없는 사람이 밥 콜라첼로Bob Colacello이다. 그는 조지타운 대학교에서 국제업무 과정을 수료하고 《빌리지 보이스The Village Voice》지에서 '트레시'에 대한 리뷰를 써서 유명해졌다. 팩토리로 오게 된 콜라첼로는《인터뷰》의 기사를 쓰기 시작했다. 그는 평소 사교계에서 만나는 거물들을 일일이 열거하던 꼭지인 〈아웃OUT〉을 쓰는 데 대부분의 시간을 보냈다. 그러다가 1974년에 밥 콜라첼로는 정식으로《인터뷰》의 편집장이 되었다.

위홀의 사업철학은 시작할 때부터 크게 투자해서 크게 시작하는 것이 아니라 작게 시작해서 천천히 키워나가는 것이었다. 당연히 잡지도 적은 예산으로 시작했다. 그가 얼마나 적은 예산으로 잡지사를 시작했는지 알 수 있는 일화가 있다.

창간호에 '여장 남자'라는 단어가 쓰였다. 그런데 그 단어가 동성애자들을 비하하는 느낌을 줄 수 있기 때문에 '여왕'이라는 표현으로 바꾸기로 했다. 하지만 그렇게 결정을 내렸을 때는 이미《인터뷰》가 막 인쇄를 마친 뒤였다. 위홀은 절대로 인쇄된 잡지를 버리고 새로 찍을 사람이 아니었다. 그는 예술가였지만 동시에 사업가였다. 그는 잡지를 새로 찍는 대신에 '여장 남자'라는 단어를 손으로 일일이 '여왕'으로 고쳐쓰기로 결정했다.

그는 자신의 매니저로 일하던 프레드 휴스, 팩토리의 영화제작 때 자신을 도왔던 폴 모리세이와 제드 존슨, 그리고 제러드 말랑가, 자신의 일기를 대신 쓰게 된 팻 해킷과 함께 그 일을 했다. 그들은 막 인쇄된 잡지 더미를 옆에 쌓아두고 6시간 동안 검정 펜으로 '여장 남자'라는 단어를 바꿔야 했다. 그들뿐만 아니라 팩토리에 놀러 온 많은 사람들도 그 일을 도왔다. 워홀은 예술가답지 않게 사업적인 마인드가 강한 사람이었다.

이렇게 시작한 《인터뷰》는 1975년부터 워홀에게 다양한 활동의 원천이 되어주었다. 그 무렵에 워홀은 잡지사 경영에 흥미를 잃게 되면서 프레드에게 사장 자리를 맡겼다. 그러나 얼마 후에는 다시 미술감독 마크 발렛이 짠 레이아웃을 보거나, 광고주들에게 광고 지면을 팔기 위해 회의실에서 그들과의 점심식사 일정을 잡기 시작했다.

《인터뷰》는 1960년대에 영화가 워홀에게 해주던 일을 어느 정도 대신 해주었다. 그는 잡지를 통해 그 시대의 새롭고 창조적인 사람들을 골고루 만났다. 특히 젊은이들을 많이 만났고, 그것은 그에게 활기를 주었다.

40년 넘게 지금도 유지되는 대단한 잡지

워홀은 사람들이 자신에게서 무언가를 얻을 수 있다고 믿을 때 자신에게 다가온다는 것을 알고 있었다. 1960년 중반에는 영화가 그 역할을 해주었다. 그가 적은 예산으로 언더그라운드 영화를 일주일에 한 편 정도 만들어낼 때, 사람들은 그의 영화에 출연할 수 있을지도 모른다는 기대감 때문에 팩토리로 몰려들었다.

그러나 1970년대 들어 영화 제작비가 터무니없이 높아지자, 워홀은 더 이상 사람들의 기대를 100퍼센트 충족시켜줄 수 없었다. 그런 시기에 《인터뷰》는 영화가 하던 역할을 대신함으로써 워홀에게 활력과 보람을 주었던 것이다.

다행히 잡지의 발행부수는 매년 증가했다. 그에 따라 많은 유명인들이 잡지에 실리고 싶어 했다. 워홀은 종종 직원 한 사람을 데리고 특집 인터뷰를 했으며, 잡지는 언제나 사람들의 이야기로 꽉 차 있었다. 이로 인해 사무실은 항상 새로운 사람들로 북적댔다.

워홀은 사무실에서 만나는 새로운 사람들이나 매력적인 사람들에게 이렇게 말했다.

"당신을 잡지에 실어드리죠."

그 말은 1960년대에 워홀이 입버릇처럼 말하던, "당신을 영화에 출연시켜 드리죠."라는 말을 대신했다. 한 번도 인쇄 매체를 통해 세상에 보여준 적이 없는 젊은 미남과 미녀들의 사진이 〈인터맨〉, 〈뷰걸〉, 〈업프런트〉, 〈퍼스트 임프레션〉이라는 표제로 《인터뷰》에 실렸다.

이렇듯 《인터뷰》는 가장 매혹적인 잡지 중 하나가 되었고, 아직도 발간되고 있다. 미국에서 예술가가 창간한 잡지들 중에서 가장 오래된 잡지이다.

워홀은 일일이 수작업으로 그림을 그리지는 않았지만 분명한 시각예술가이다. 그런데 그는 시각예술가로서는 엄청난 분량의 글을 썼고, 또 출판도 했다. 물론 《인터뷰》는 여기서 제외된다. 잡지를 그의 개인 출판물로 볼 수는 없기 때문이다.

그는 자신의 철학을 담거나 자신의 이름을 세상에 폭발적으로 알렸던 1960년대를 회고하는 책을 썼다. 그리고 800쪽 (원래는 2만 쪽 분량인데 줄인 것)이 넘는 일기도 출판했다. 물론 이 일기를 자신이 직접 쓴 것은 아니었다.

그는 팩토리에서 자신을 도와주던 비서 팻 해킷에게 아침마다 전화를 걸어서 전날 있었던 일을 이야기해주었다. 그러면 해켓이 그것을 정리했고, 그 정리된 글을 모아 일기로 만들어 출판한 것이다. 그러니까 워홀의 일기이지만 팻 해켓이 쓰고 엮은 것으로, 그렇게 만든 《앤디 워홀의 일기》가 세상에 공개되었다. 그는 일기조차도 다른 사람들과는 다른 독창적인 방법으로 기록한 것이다.

그런데 일기를 다른 사람에게 쓰게 하다니, 어떻게 그런 생각을 했을까? 워홀의 생각은 항상 보편적인 수준을 뛰어넘는다. 그것은 그가 보편적이고 일상적인 것들을 작품의 소재나 주제로 삼은 것과는 묘한 대비를 이루는 것처럼 보인다. 하지만 그것이 그의 특징이자 그의 명성을 만든 힘이다.

워홀은 창의성을 활용해 일상을 예술로 만드는 능력을 보여주었지만, 자신의 삶은 결코 보편적이거나 일상적일 수 없었다. 예술가란 그런 것이다. 지신이 보통 사람과 똑같은 평범한 삶을 살면서 늘 새로운 것을 세상에 보여준다는 것은 불가능한 일이다. 그는 남과 다른 독특한 방식으로 일상과 예술을 이어주는 중개인 같은 예술가였을 뿐, 그 자체가 평범할 수는 없는 사람이었다.

미래에는 누구나 15분 동안 유명해질 것이다

예술가, 미디어에 도전하다

위홀의 전시회가 항상 성공하는 것은 아니었다. 1982년에 카스텔리가 기획한 〈달러 사인〉은 전시회 동안 작품이 한 점도 팔리지 않았다. 위홀은 그 전시회에 대해 그해 1월 9일자 일기에 이렇게 기록했다.

두 곳에서 열리는 대규모 전시회다. 〈달러 사인〉은 그린 가의 카스텔리 화랑, 그리고 〈리버설〉 시리즈는 웨스트 브로드웨

이의 카스텔리 화랑에서 열린다. 라우센버그, 보이스, 나무트도 왔다. 1960년대가 늘 그랬듯이 오늘도 정신없이 바쁜 날이었다. 예술가들은 정말 매력적인 사람들이다.

정말 매력적인 예술가들이 많이 왔지만, 금전적으로는 실패한 전시회였다. 이 때문에 위홀은 초조해졌다. 더구나 한 해 전인 1981년에 맨해튼 도심의 옛 전자제품 공장을 200만 달러에 사서 작업실로 만드는 바람에 그는 경제적으로 어려운 상황이었다.

그렇다고 해서 걱정만 할 위홀이 아니었다. 그는 더욱 과감히 자신의 활동 범위를 넓혀나갔다. 그중 대표적인 것으로는 자신의 이름을 내건 텔레비전 프로그램을 제작해서 직접 출연한 것이었다. 〈앤디 워홀 텔레비전〉이 비로 그것이다. 물론 과거에도 그는 모델 에이전시에 등록한 다음 텔레비전이나 비디오에 광고 모델로 나서기도 했고, 드라마 〈사랑의 유람선〉에 카메오로 출연하기도 했다.

그러다가 1982년, 〈앤디 워홀 텔레비전〉이라는 프로그램을 제작해 출연한 것이다. 그는 이 텔레비전 쇼도 자신이 제작한 영화처럼 시나리오 없이 즉흥적으로 진행하는 쪽을 택했다. 자신이 사회를 맡고 예술계나 패션계 인사들을 게스트로 출연시켜 자유로운 대화로 프로그램을 진행했다.

그리고 3년 후인 1985년부터 시작해 1987년까지 〈앤디 워홀의 15분〉을 제작해 방송하기에 이르렀다. 그는 이 프로그램에서, 자신이 1968년 스톡홀름 전시 카탈로그에 썼던 "미래에는 누구나 15분 동안 유명해질 것이다."라는 말을 실천했다. 1968년에 말한 '미래'는 미디어 시대인 1985년을 가리키는 말이 될 수 있기 때문이다.

유명해지거나 유명하게 만드는 것은
둘 다 재미있는 일이야

워홀은 '누구나 15분 동안 유명해질' 수 있도록 팩토리에서 수많은 영화를 찍으면서 평범한 사람들을 스타로 만들었고, 그들을 '슈퍼스타'라고 불렀다. 그리고 텔레비전 프로그램까지 만들게 된 것이다. 그는 자신의 명성뿐만 아니라 다른 사람의 명성도 사랑했다. 피츠버그에서 뉴욕으로 옮기면서부터 유명해지기를 바랐던 그는 정말로 아주 유명해졌다. 그리고 동시에 다른 사람들을 유명하게 만들기도 했다.

〈앤디 워홀의 15분〉은 워홀이 사회를 맡고, 유명 인사들이 나와서 명성을 얻기까지의 이야기나 장기를 보여주며 자유롭게 대화하는 프로그램이었다. 그는 그 방송을 통해 패션, 미술, 음악 분야의 스타나 유명 인사들이 사는 독특한 세계를 같이 나누었다.

워홀은 다음 이미지가 궁금해서 계속 페이지를 넘기게 만드는, 그리고 그 과정에서 광고까지 보게 되는 반들반들한 잡지처럼 다양한 자극을 주는 쇼를 제작했다. 매회 출연하는 게스트는 바뀌지만 워홀 자신은 쉬지 않고 그대로 출연했다. 그럼으로써 자신의 텔레비전 쇼에 연속성을 부여하고, 동시에 자신이 스타들보다 더 오래 빛을 낼 수 있을 것이라 생각했는지도 모른다.

워홀은 1987년에 죽었지만, 만약 그가 더 오랫동안 살았더라면 앤디 워홀의 텔레비전 제작사는 어디까지 갈 수 있었을까 하는 의문을 남겼다. 워홀처럼 엄청난 독창성을 발휘한 예술가는 물론이고, 어느 예술가든 그의 창조적인 예술 활동을 예측하는 것은 늘 어려운 일이다. 하지만 어떤 매체와 장르로 작업을 하든 상관없이 워홀의 작품 안에는 일관성이 존재한다. 그는 자기 시대의 공통된 의식, 그리고 평범한 삶과 세계를 작품 주제로 삼았다.

그는 이 세계에 사는 사람이라면 누구나 무엇을 봐야 하는지 굳이 말해주지 않아도 이미 알고 있는 것들을 보여주었다. 스타들은 우리의 공통된 의식에서 가장 중요한 '욕망'이라는 요소를 자극하기 때문에 그는 마릴린 먼로와 엘리자베스 테일러, 재키와 엘비스 프레슬리를 그렸다. 만약 그들이 팩토리를 방문했다면, 그곳에 들른 다른 스타들을 촬영한 것처럼 그들의 모습도 영화 필름에 담았을 것이다.

모든 사람이 스타에 관심을 가진다. 그렇기 때문에 위홀 자신을 비롯해 스타들의 모습을 보여주는 것만으로도 그의 텔레비전 쇼는 재미있었을 것이다. 한 인간으로서의 위홀은 소박한 취향은 아니었다. 화려함, 아름다움, 파티, 쇼핑, 섹스에 사로잡혀 있었다.

텔레비전 쇼에 나온 일화들 중 그의 머리가 굴러떨어지는 인상적인 장면이 있었다. 몸에서 분리된 머리가 "파티에서 즐거운 시간 보내세요!"라고 말하는데, 이는 세상에 대한 그의 작별 메시지라고 볼 수도 있을 것이다. 위홀은 모두가 무엇을 보고 싶어 하는지 그 욕망을 속속들이 알고 있었던 듯하다.

평범한 삶을
예술로 만드는
능력

〈마오〉 시리즈라는
특별한 작품

사회주의자라는 오해가 기막히지만 재미있어

위홀과 그의 팩토리를 주제로 한 몇 안 되는 소설 가운데 《누가 안드레이 위홀을 죽였는가? Who Killed Andrei Warhol?》라는 작품이 있다. 이것은 혁명의 불씨가 될 문제를 취재하기 위해 1968년 초에 미국으로 온 소련의 저널리스트가 쓴 일기 형식의 소설이다.

그즈음 위홀의 팩토리는 47번가를 떠나 미국 공산당 본부가 입주해 있던 유니언 스퀘어의 건물로 자리를 옮겼다.

소설 내용을 보면, 워홀을 가리키는 듯한 '안드레이'가 프롤레타리아 예술가이고, 그의 작품은 진짜 사회주의 리얼리즘을 표방한다고 되어 있다. 작품 속의 저널리스트는 일기를 통해 "그는 철저한 사회주의 리얼리스트다…… 하지만 이 예술 형식을 자본주의 상황에 맞게 바꿔놓는 데 성공했다. 그리고 그 과정에서 자본주의를 전복했다."라고 썼다.

이 작품은 소설이라는 형식을 띠고 있지만, 이러한 표현이 워홀을 가리키는 것으로 오해하는 사람들도 있었다. 이런 기막힌 오해는 유럽의 마르크스주의 평론가들이 좌파 성향의 잡지에 끊임없이 기고한 워홀에 대한 글과 별반 다르지 않다. 그중에서 그나마 가장 온건한 내용은 워홀이 자본주의 문화를 풍자하고 있다는 주장이었다.

사실 소련의 예술가들이 바라본 팝아트는 칠저히 해방적이었다. 그러나 워홀의 예술은 미국의 대중문화를 찬미하고 있고, 강한 애국심을 드러낸다. 그는 자유주의자이며 민주당원이었다. 자신의 조수에게도 말한 것처럼, 그는 공화당원이 될 수 있기를 바랐지만 자신의 정치적 성향을 바꾸는 것은 불가능했다.

워홀은 무시무시한 초록 얼굴을 한 리처드 닉슨 대통령이 등장하는 포스터를 제작한 적이 있다. 그리고 그 아래에는 1972년 대선에서 닉슨의 민주당 경쟁자였던 '맥거번에게 한 표를'이라는 문구를 적었다. 포스터 판매 수익은 민주당에 기부했는데, 이 포스터가 불티나게 팔린 덕분에 그는 민주당에 거액을 기부한 사람이 되었다. 그 결과 워홀은 계속해서 국세청의 보복성 감사를 받아야만 했다.

비서인 팻 해켓과 매일 나눈 전화 통화 내용으로 구성된 《앤디 워홀의 일기》에서, 그가 해켓에게 모든 영수증을 잘 챙겨야 한다고 계속 상기시킨 것도 이런 이유 때문이었다.

이러한 오해를 받기도 한 워홀이 특별한 작품을 제작하게 되는데, 그것은 바로 마오쩌둥毛澤東 초상화 시리즈이다. 그는 1970년대에도 계속 영화를 제작했지만, 1972년에 갑자기 회화로 돌아가 다양한 크기의 마오쩌둥 초상화 시리즈를 대량으로 그리기 시작했다.

〈마오〉 시리즈로 또 한번 충격을 선사하다

1972년 2월에 마오쩌둥은 닉슨 대통령에게 중국을 방문해달라고 했고, 대부분의 사람들은 이것이 냉전 완화를 위한 첫걸음이라고 생각했다. 뱃심 좋게 이런 여정에 나설 수 있는 사람은 완고한 반공주의자로 유명한 사람들뿐이다. 그러므로 사람들은 닉슨이 매우 대담한 제스처를 취할 것이라고들 믿었다.

위홀은 세계 역사에 족적을 남긴 이 두 사람의 초상화를 모두 그렸다. 그가 그린 닉슨은 앞에서 말했듯이 녹색 피부에 날카로운 어금니를 드러내고 있고, 그 아래에는 '맥거번에게 한 표를'이라는 문구가 적혀 있었다. 이와 대조적으로 〈마오 Mao〉 그림에는 매우 친숙한 이미지를 바탕으로 한 인자하고 부드러운 분위기가 감돌았다.

위홀은 《붉은 책The Little Red Book》 표지에 사용된 마오쩌둥의 얼굴 사진을 가지고 초상화를 제작했다. 그런데 마오쩌둥이 마치 격노한 여왕처럼 립스틱과 아이섀도를 바른 듯이 보이게끔 이미지를 수정했다.

마오쩌둥의 초상화를 통한 위홀의 마지막 변신은 매우 놀라웠다. 위홀은 그 시대 사람들이 가장 두려워하던 정치가의 이미지 중에서 사람들을 불편하게 하는 독을 제거하는 데 성공했다. 위홀이 작품 제작에 사용하기 전까지 마오쩌둥의 사진을 걸어놓는 것은 결코 그의 정치적 의견을 드러내는 것이 아니었다. 그런데도 이것은 자신의 신념을 고백하는 위험한 일처럼 보였고, 당시에는 오해를 불러일으킬 만한 행위였다. 워홀은 이런 답답한 상황을 재미있게 뚫고 나갔다.

미국의 미술관들은 중국에서 가장 큰 권력을 쥔 과격한 지도자의 초상화를 걸어놓고 자유주의 체제 전복의 혐의를 받고 싶어 하지 않았다. 그것은 카를 마르크스나 스탈린의 초상화를 걸어놓는 것과 같은 일이었다.

그런데 워홀은 이렇게 위협적으로 느껴지는 이미지를 누가 봐도 안심할 수 있는 화사한 이미지로 바꿔놓는 데 성공한 것이다. 이제 누구나 다른 이의 기분을 상하게 할까 봐 걱정하거나 사회 체제를 뒤집어엎을 거라는 느낌을 풍기지 않으면서도 〈마오〉의 초상화를 걸어놓을 수 있게 되었다.

중국 사회주의 사상에 흥미가 생긴 젊은 학생이 자기 침실에 걸어놓으려고 마오쩌둥의 포스터를 집에 가져왔는데, 집에 와보니 부모님이 새로 구입한 인자한 모습의 〈마오〉 초상화가 워홀의 수프 캔과 나란히 걸려 있다고 상상해보라! 워홀은 이런 상상을 하며 〈마오〉를 그렸는지도 모른다. 매디슨 거리 근처 66번가에 있는 자기 집의 침대 탁자 위에 좀 작은 〈마오〉

〈마오〉(1972). 마오쩌둥의 초상화를 통한 워홀의 마지막 변신은 놀라웠다. 위협적으로 느껴지던 이미지를 독이 없고 화사한 이미지로 바꿔놓는 데 성공한 것이다. 이제 누구나 다른 이의 기분을 상하게 할까 봐 걱정하거나 자기가 체제 전복적인 생각을 품고 있다는 느낌을 풍기지 않으면서도 〈마오〉 초상화를 걸어놓을 수 있게 되었다.

그림을 올려놓았다.

위홀이 〈마오〉 초상화를 2,000점가량 제작하는 동안, 팩토리는 그와 말랑가가 잡화점 상자 수백 개를 만들던 시절처럼 다시 대량 생산 시설로 바뀌었다.

위홀은 자신의 유명한 〈꽃〉 그림처럼 〈마오〉 초상화도 다양한 크기와 가격으로 제작해서 누구든지 자신의 재정 형편에 맞게 그림을 살 수 있도록 했다. 그중에는 가로, 세로의 길이가 5.18×3.96미터나 되는 거대한 〈마오〉 초상화도 네 점 있었다. 이는 천안문(톈안먼) 광장에서 열린 집회에서 자신의 존재를 강력하게 내세울 수 있을 만큼 인상적인 크기였다.

위홀은 작은 크기나 중간 크기의 〈마오〉 초상화도 제작했고, 심지어 〈마오〉 그림이 반복해서 나오는 벽지를 인쇄하기도 했다. 마오쩌둥의 얼굴은 단순히 화판에 실크스크린으로 찍어낸 것이 아니었다. 위홀은 거침없는 붓놀림으로 그림에 생기를 불어넣었기 때문에 마치 손으로 그린 팝아트 작품 같은 느낌을 주었다.

초상화는 위홀의 작업에서 빼놓을 수 없는 형식이다. 그러나 마오쩌둥의 경우를 보면, 위홀에게 예술의 대상이 될 수 없는 것은 없다는 사실을 다시 한 번 인식하게 했다는 점에서 특별하다. 또한 위홀의 손을 거치면 그 대상이 지니고 있던 이미지나 주제가 간단히 다른 방향으로 바뀔 수 있다는 것, 존재하는 것은 무엇이든 위홀의 창작품이 될 수 있다는 것을 우리에게 보여준다. 위홀은 우리 시대에서 쉽게 볼 수 없는 특별한 창작자 중 한 사람임이 틀림없다.

고전작품을
현대로 부활시키다

이번에는 고전이야!

워홀이 죽기 전에 마지막으로 작업한 대형 작품은 레오나르도 다빈치의 〈최후의 만찬〉을 바탕으로 한 회화 작품이었다. 어떤 사람들은 이것이 워홀의 종교성을 드러내는 증거라고 주장하기도 한다.

　워홀의 작품에서 자주 볼 수 있듯이, 이 작품에 대한 아이디어도 다른 사람에게서 얻은 것이다. 이번에는 밀라노에서 화랑을 운영하는 알렉산드르 이올라스가 그 주인공이다. 워홀은 이올라스가 다빈치의 〈최후의 만찬〉에 바탕을 둔 그림을 그려달라고 선정한 다섯 명의 화가 중 한 사람이었다.

이올라스는 현대 예술가들이 작업한 〈최후의 만찬〉을 모아 전시회를 열면 사람들의 관심을 끌 수 있을 것이라고 생각했다. 게다가 그의 화랑 건너편에 있는 건물에서 다빈치의 걸작을 복원하는 작업이 진행되고 있었다. 따라서 방문객들이 두 곳에 다 들러 원본과 동시대 화가들이 그린 버전을 함께 본다면 좋을 것이라고 생각했다.

워홀이 다빈치의 그림을 원본으로 사용했다는 사실에서 가장 중요한 점은, '누구나 다빈치의 그림을 알고 있다'는 것이다. 그는 〈최후의 만찬〉도 다른 작품을 다룰 때와 같은 방식으로 다루었다. 수프 캔이나 달러 지폐를 시리즈로 그린 것처럼 〈최후의 만찬〉도 여러 가지 버전으로 만든 것이다. 마릴린과 엘비스의 얼굴을 두 개씩 그린 것처럼 예수도 두 명으로 늘렸다. 반복은 중요도의 상징이기 때문이다.

그는 성령을 표현하기 위해 도브Dove 비누 같은 제품 로고로 그 안을 채우거나, 친숙한 포테이토칩 포장지에 나오는 슬기로운 올빼미를 이용해 지혜를 나타내기도 했다. 빛을 상징적으로 표현하기 위해 'GE'(General Electric)라는 로고를 사용하기도 했다. 이런 것들은 모두 그와 우리에게 익숙한 상업 분야에서 가져온 것이지만, 그중에 종교적 중요성을 띠는 것은 특별히 없다고 말해야 할 것이다.

워홀은 예술 감상자들도 스타라고 생각했어

워홀의 위대한 예술 프로젝트는 본윗 텔러 상점의 쇼윈도에 걸린 이미지로 시작되어 공포와 고통의 단계, 그리고 미의 단계라는 두 단계에 걸쳐 발전했다. 하나는 비행기 추락, 자살, 사고, 사형 집행의 단계이고, 다른 하나는 매력과 명성을 통해 빛을 발하는 마릴린, 엘리자베스, 재키, 엘비스, 예수의 단계이다.

함께 있는 것만으로도 구원을 받게 해주는 빛나는 존재들이 있는 어두운 세상, 그 속에서 워홀은 볼품없는 자신의 존재를 그들 사이에 교묘히 끼워 넣고 우리 모두를 스타로 만들려고 했다.

그는 〈최후의 만찬〉 외에 다빈치의 〈모나리자〉도 작품의 주제로 삼았다. 〈모나리자〉 30개를 캔버스에 나열해놓고, 작품의 제목을 〈서른 개가 하나보다 낫다〉로 지었다.

이처럼 말년에는 다빈치의 작품을 주제로 삼은 작업을 했지만, 그때도 그는 캠벨 수프 캔을 함께 그렸다. 그는 평생 캠벨 수프 캔을 그린 것이다. 페루스 화랑에 전시되었던 첫 번째 수프 캔 그림 외에 100개, 심지어 200개의 수프 캔이 묘사된 〈캠벨 수프 캔〉 그림이 있었다. 나중에는 깡통 따개로 구멍을 뚫거나, 찌그러뜨리거나, 라벨을 벗겨내는 등 수프 캔이 순교를 당한 듯한 모습의 그림도 등장했다.

정신적인 면에서 이런 그림은 인간이 한평생 살아가면서 겪는 온갖 불행을 보여주는 것과 일맥상통한다.

워홀이 갑작스런 죽음으로 작업실을 떠나던 날에도 작업실 안쪽 벽에는 김이 모락모락 나는 캠벨 수프 그릇을 그린 그림이 비스듬히 세워저 있었다. 그리고 그 옆에는 그가 말년에 다양한 형식으로 재해석해서 그린 〈최후의 만찬〉에 나오는 예수 그림이 있었다.

'망치와 낫'을
작품화하다

'망치와 낫'은 매력 있는 소재일 뿐

1977년 1월, 워홀은 레오 카스텔리 화랑에 〈망치와 낫〉 그림을 전시했다. 나중에는 이 그림이 팔린 상태에서 파리의 다니엘 템플론 화랑에 다시 전시하기도 했다.

뉴욕에서 '망치'와 '낫'은 유난히 예민한 기호였다. 그 당시에 망치와 낫은 공산주의가 미국인의 가치관과 자유민주주의를 의미하는 모든 것을 말살하려고 위협하거나 두려움에 떨게 하는 선동적인 것으로 인식되었다. 그러나 뉴욕과 달리 공산당 세력이 우세한 파리에서는 거리의 낙서에서도 망치와 낫 그림을 흔히 볼 수 있었다.

사실 전시회는 오마하Omaha가 아닌 소호Soho에서 열렸지만, 항의 시위가 벌어지지도 않았고 창문으로 벽돌이 날아들지도 않았다. 만약 그보다 10년 전에 공산당 로고를 전시했다면 어땠을까? 아마도 버지니아 주 리치먼드에서 예술가가 소변을 뿌린 플라스틱 예수 상을 전시하는 것만큼이나 도발적인 행동이었을 것이다. 그러나 그 시대에는 소호의 어느 전시회에서나 그런 그림을 볼 수 있었다.

위홀은 그가 좌파의 영웅으로 추앙받는 이탈리아에서 공산당 로고를 보았다. 1975년에 그는 이탈리아의 페라라에서 흑인과 라틴아메리카계 복장도착자ladyboy(이성의 의복에 집착하는 사람)들을 담은 일련의 그림을 선보인 석이 있다. 좌파 평론가들은 이 작품에 대해서 "가난한 흑인과 라틴아메리카 소년들이 복장도착자가 되어 몸을 팔 수밖에 없는 상황으로 내몬 미국 자본주의의 잔인한 인종차별주의를 폭로했다."며 칭찬했다.

〈신사와 숙녀Ladies and Gentlemen〉라는 제목이 붙은 이 시리즈는 복장도착 문화에 어울리도록 주제를 정말 매력적으로 표현했다. 위홀은 콜라주처럼 다양한 색상 조각을 사용했는

앤디 워홀 이야기

데, 이것은 좌파 평론가들이 그의 작품에 담겨 있다고 생각되는 정치적 의도와는 전혀 어울리지 않았다.

한 언론 매체가 그에게 혹시 공산주의자냐고 묻자, 워홀은 시치미를 떼면서 옆에 있던 밥 콜라첼로에게 이렇게 물었다.

"내가 공산주의자인가?"

콜라첼로는 워홀이 언론에 하고 싶어 하는 말을 대신 해주었다.

"워홀은 지금 막 독일 정치가 빌리 브란트의 초상화를 완성했고, 이멜다 마르코스의 초상화를 그릴 수 있는 권한을 얻으려고 애쓰는 중입니다."

그러자 워홀이 "그게 내 대답"이라고 말했다. 비즈니스 예술가인 워홀은 정치가 자기 일을 방해하게 내버려두지 않았다.

공산주의의 상징 '망치와 낫'도
워홀이 그리면 비싸게 팔린다

흥미로운 사실은, 그 시절 이탈리아 자본가들 중에는 공산주의자들이 많았다는 점이다. 피아트사의 회장이던 조반니 아그넬리는 다니엘 템플론 화랑에서 워홀의 〈망치와 낫〉을 비싼 가격에 구입하기도 했다.

한편 뉴욕 소호에서도 다들 이 작품에 매료되었다. 폴레트 고다드는 이것으로 핀을 만들어야겠다는 생각까지 했다. 물론 그는 워홀의 그림을 바탕으로 핀을 만들었는데, 그것은 결코 망치와 낫처럼 보이지 않았고 액세서리처럼 보였다.

주목할 만한 사실은 오늘날까지도 사람들의 불쾌감과 분노를 불러일으키는 나치의 만卍자 십자장과 달리, 미국에서는 망치와 낫이 이미 구시대의 유물이 되었다는 것이다. 적어도 1977년 소호에서는 처벌이나 비난에 대한 두려움 없이 전시가 가능했다. 솔 스타인버그는 이 작품을 '정치적 정물화'로 생각하고 싶다고 말했다.

공산주의를 상징하는 대표적인 선동의 기호였던 망치와 낫을 그린 것은 순전히 워홀 자신의 아이디어였다. 그는 누구나 한눈에 알아볼 수 있는 두려움과 증오의 상징을 그리겠다는 아이디어를 다른 사람에게서 얻지 않고 스스로 생각해낸 것이다. 그러므로 워홀은 공산주의가 더 이상 걱정할 만한 대상이 아니라는 것을 직관적으로 알려준 공로를 인정받아야 한다. 그로부터 12년 뒤, 베를린 장벽이 무너지면서 제2차 세계대전 이후의 냉전은 종식되었다.

　본인이 의도했든 의도하지 않았든, 워홀은 대중적이고 감각적인 일상뿐만 아니라 무거운 주제일 수 있는 정치적 대상까지 작품의 소재로 삼았다. 그렇게 함으로써 그가 일생을 통해 보여준 철학을 다시 한 번 확인시켜 주었다. 그것은 예술이 아닌 삶은 없다는 것, 그리고 우리의 삶은 무엇이든지 예술이 될 수 있다는 그의 예술철학을 말한다.

　물론 그는 무겁거나 심각한 소재를 구현할 때조차 자신의 작품이 무겁거나 너무 심각해지지 않도록 표현했다. 무겁거나 심각한 것은 워홀의 예술이 아니었기 때문이다.

Andy Warhol

비즈니스 예술가
앤디 워홀

비즈니스 세계의 효율성을 창조 세계에 결합시키다

1968년에 팩토리가 제2의 장소인 유니언 스퀘어 웨스트 33번가로 옮겨진 후, 그는 새로운 노선을 밟기 시작했다. 이사는 단순히 장소만 바뀐 것이 아니었다. 그것은 워홀의 창조 세계에서 또 다른 시작을 의미했다.

　새 작업실은 실내장식부터 이전과 달랐다. 첫 번째 팩토리의 은색 장식을 찾아볼 수 없게 되었고, 이런저런 사람들이 모여드는 장소라기보다는 뉴욕의 기능적인 사무실 같은 모습을 하고 있었다. 그전의 팩토리에서는 전화를 받는 직원이 "위홀의 팩토리입니다."라고 말했지만 이사를 한 뒤로는 "위홀의 사무실입니다."라고 말했다. 위홀이 팩토리라는 말을 사용하지 말라고 했기 때문이다.

프레드 휴즈와 폴 모리세이는 새로운 작업실을 전보다 훨씬 효율적으로 운영하려고 애썼다. 모리세이는 예전에 실버 팩토리만의 분위기를 만들어내던 사람들을 싫어했다. 이 때문에 자기 생각에 괴짜라고 여겨지는 사람들은 아예 발을 들여놓지 못하게 하려고 했다. 그런데 사실 위홀은 이런 점을 걱정했다.

"마약에 취한 사람들이 주위에서 무의미한 말을 떠들어대며 미친 짓 하는 것을 보지 못한다면 아예 창의력이 사라질까 두렵다. 그들은 1964년 이후 내 영감의 원천이었다."

그의 새로운 작업실에 아무나 들락거리지 못하게 하려고 노력했지만, 새로운 체제는 발레리 솔라니스가 작업실 안으로 들어오는 것을 막지 못했다.

어떤 면에서 보면 위홀의 생각이 옳았을 수도 있다. 두 팩토리 사이의 변화는 예술품 제작에 대한 전반적인 사고방식과 예술의 종류에 중요한 차이를 가져왔다. 그 차이는 솔라니스가 워홀을 향해 방아쇠를 당긴 6월 초보다 몇 달이나 앞선 1968년 초에 이미 제도화되어 있었다. 워홀은 이미 예술을 사업으로 생각하는 예술가 겸 경영자가 되어 있었던 것이다. 두 번째 팩토리의 사무적인 분위기, 즉 유리로 덮인 책상과 그 위에 놓인 사무용 기기, 전화 등은 그의 이런 모습을 상징적으로 드러냈다.

그는 여전히 자신을 영화 제작에 전념하기 위해 회화 분야에서 은퇴한 사람이라고 생각했다. 또한 그의 변호사들은 '앤디 워홀 엔터프라이즈'를 합법적인 기업체로 만드느라 바빴다. 앞으로 워홀이 그림을 그리게 된다면 그것이 실제 어떤 결과를 내든 간에 법적으로는 예술가 워홀의 작품이 아니라 법인인 '앤디 워홀 엔터프라이즈'의 작품이 되는 것이다.

어떤 면에서는 솔라니스의 총격 사건이 사업에 도움이 된 부분도 있었다. 그의 작품 가격이 올랐고 명성도 더 높아졌기 때문이다. 훌륭한 큐레이터의 손을 거쳐 워홀 작품의 특징들을 뚜렷하게 보여준 패서디나 회고전은 워홀이 현대 미술에 얼마나 큰 공헌을 했는지 확실히 보여주었다. 그래서 지인들은 그가 이미 확실한 스타로 자리매김했던 미술계로 다시 돌아오기를 원하는 이들이 많았다.

그동안 벌어놓은 돈을 너무 많이 써버렸어

이제 그가 만드는 영화는 더 이상 언더그라운드 장르에 머물지 않았다. 제작비도 많이 들뿐더러, 삼각대 위에 카메라를 올려놓고 약간의 조명과 근처에 있는 사람을 아무나 동원해 즉석에서 찍던 때와는 완전히 다른 인력과 장비가 필요했다.

그에게는 할리우드나 로마의 치네치타Cinecitta에서 사용하는 것 같은 설비가 필요했다. 영화 제작을 위해 더 많은 돈이 필요해진 것이다. 그런 점에서 볼 때 〈외로운 카우보이〉는 실버 팩토리에서 만들어진 마지막 작품이었지만, 사실 여기에도 야외 촬영분이 포함되기는 했다.

새로운 영화들은 그에게 스타 중의 스타가 되어 자신이 원하던 형태의 삶을 살아갈 수 있는 길을 열어주었다. 그때 그가 원하던 것은 세계적인 유명 인사들과 어울리며 세계적으로 유명한 인물이 되는 삶이었다. 당연히 그는 영화를 통해 돈도 벌 수 있을 것이라고 기대했다.

그러나 영화는 그가 생각한 것만큼 큰돈을 벌어들이지 못했다. 일단 제작비가 너무 많이 들었기 때문이다. 만약 돈만 충분했다면 워홀은 미술 작품 제작을 그만두었을 것이다. 그

러나 돈이 없었기 때문에 그는 계속해서 미술 작품을 제작해
야만 했다.

1970년에는 판화가 유행이었다. 판화는 값이 그다지 비싸
지 않아 사람들이 쉽게 구입할 수 있었기 때문이다. 워홀은
이 시기에 다시 꽃을 주제로 작업하기 시작했다. 과거에 제작
한 꽃그림 10점을 변형시키는 작업을 했고, 그래서 그의 꽃그
림이 많아졌다. 그는 꽃그림을 250점으로 한정 제작해서 한
점에 3,000달러씩 팔았다. 이것은 당시 마릴린의 초상화보다
여섯 배나 비싼 가격이었다. 그는 진한 빨강, 오렌지, 노란색
을 주로 사용해 화려한 꽃을 그렸다.

나는 돈에 의연한 척하기 싫어

1975년에 출간된 《앤디 워홀의 철학 : 팝아트의 거장이 쓴 자
전적 에세이》는 워홀이 자신의 예술과 돈과 명예에 대한 생
각을 적은 책이다.

그는 돈을 벌기 위해 예술 작품을 제작하는 상황에 대해
솔직하게 적었다. 이 책에는 부와 성공에 대한 그의 집념이

〈꽃〉(1970). 앤디 워홀의 생각은 항상 보편적인 수준을 뛰어넘는다. 그가 보편적이고 일상적인 것들을 예술의 소재와 주제로 삼은 것과 묘한 대비를 이루는 듯 보이지만, 그것이 그의 특징이자 그의 명성을 만든 힘이다.

고스란히 드러나 있으며, 워홀이 비즈니스 예술가라는 것을 스스로 당당하게 밝히고 있다.

그는 '비즈니스 예술'에 대해 이렇게 말한다.

"비즈니스 예술은 예술 다음에 오는 단계이다. 나는 상업 미술가로 이 일을 시작했고, 마지막에는 비즈니스 예술가로 끝마치고 싶다. 가장 매혹적인 예술은 사업에서 성공하는 것이다……. 돈을 버는 것도 예술이고 일을 하는 것도 예술이며, 성공적인 사업은 최고의 예술이다."

실버 팩토리에서 유니언 스퀘어 웨스트로 이사하면서 워홀이 한 생각이 바로 이것이다. 그는 심지어 앤디 워홀 엔터프라이즈의 주식을 월스트리트에서 팔 궁리까지 했다. 따라서 발레리 솔라니스는 워홀이 작업장을 옮기면서 세운 전체적인 계획이 원활하게 실현되는 데 제동을 건 것이다.

1971년 봄에 워홀은 자신의 회고전이 성공적으로 치러져서 매우 흡족했다. 패서디나 미술관에서 열렸던 회고전이 다시 휘트니 미술관에서 열렸고, 몇 주 후에 웨스트 47번가 고덤 북 마트에서 팝아트 이전의 작품 약 300점을 '앤디 워홀의 초기 작품들 : 1947~1956'이라는 주제로 소개했기 때문이다. 게다가 유명한 그룹 롤링 스톤스의 앨범 재킷을 디자인하게 되어 더욱 신이 났다. 실제 지퍼를 사용해 제작한 이 앨범 재킷은 4월에 시판되어 2주 만에 50만 장이나 팔렸다.

위홀은 다른 예술가들처럼 돈에 대해 의연한 척하지 않았다. 자신이 비즈니스 예술가임을 분명히 한 것이다. 그래서 자신의 작업에 대해 흡족할 만큼의 정당한 대우를 받고 싶어했고, 그렇지 않을 경우에는 불만을 드러냈다. 롤링 스톤스의 앨범 재킷을 만들 때도 그랬다.

"당신들은 믿어지지 않을 거예요. 그렇게 앨범이 많이 팔렸는데도 난 돈을 조금밖에 받지 못했어요. 다음에는 한 장에 50센트를 달라고 할 참이에요."

한 장에 50센트면 25만 달러나 되는 금액이다. 사업가로서도 성공하고 싶었던 위홀로서는 당연한 욕심이었을 것이다.

위홀이 그림 판매나 기타 작품의 판매에 욕심을 냈던 이유는, 앞에서도 말했듯이 영화에서 생각만큼 돈을 벌지 못했기 때문이다. 나중에 밝혀진 일이지만 위홀이 1970년대에 제작한 영화는 그전에 제작한 영화들만큼 관심을 끌지 못했고, 결국 재정적으로도 성공하지 못했다.

1970년대와 1980년대 그가 기획한 비즈니스 예술은 계속 불안정해서 어떤 때는 매진되기도 하고, 또 어떤 때는 실패를

겪기도 했다. 왜냐하면 '비즈니스 예술'이라는 이름으로 제작된 이 시기의 작품들에는 1960년대에 제작한 작품들만큼 미술사를 뒤흔들 만한 변화를 일으켰거나 굉장한 개념적 깊이를 가진 것은 없었기 때문이다.

〈마오〉 그림은 1972년에 제작되고, 〈망치와 낫〉 그림은 1977년에 제작되었다. 이것은 훌륭하고 흥미롭기까지 한 그림이지만, '비즈니스 예술'과 같은 부류라고는 말할 수 없다. 그는 〈마오〉 그림으로 꽤 돈을 벌었지만, 그가 "예술을 위해 만들었다."고 설명한 〈망치와 낫〉은 어쨌든 처음에는 거의 팔리지 않았다.

어마어마한 재산을 남기고 세상을 떠난 예술가

최고의 예술이라고 생각한 '사업'에서도 성공하고 싶었던 워홀은 1987년에 갑작스럽게 죽음을 맞이한다.

1987년 2월 첫째 주, 〈최후의 만찬〉 전시회가 있었던 밀라노에서 돌아온 그는 친구들과 함께 일본 식당에서 식사를 했다. 그런데 갑자기 배가 아파 친구들을 두고 먼저 집으로 돌아왔다. 그 다음주 내내 그는 몸이 좋지 않았고, 2월 14일에 병원에 가서 진찰을 받으니 자신의 짐작대로 쓸개에 문제가 생겼다고 했다.

병원에 다녀온 다음 주 화요일, 그는 몸이 좋지 않았지만 약속을 지키기 위해 웨스트사이드에 있는 터널 디스코장으로 갔다. 그곳에서 패션디자이너의 모델을 해주기로 되어 있었기 때문이다. 그런데 옷을 갈아입는 동안 너무 춥고 몸이 불편해서 견딜 수가 없었다.

"제발 나를 데리고 어서 이곳에서 나가주세요."

그는 같이 있던 사람들에게 부탁했고, 사람들은 급히 그를 데리고 집으로 갔다.

다음날 그는 다시 병원을 찾았고, 병원에서는 이렇게 진단했다.

"쓸개가 붓고 염증이 생겨 고름이 찼어요. 빨리 수술하지 않으면 안 됩니다."

병원을 아주 싫어하고 겁이 많았던 위홀은 수술할 수 없다고 우겼다. 하지만 의사들이 위홀을 설득해 결국 수술을 하게 되었다. 수술은 3시간 이상 진행되었고, 위홀의 몸에서 쓸개를 제거했다.

수술실에서 나온 워홀은 회복실에 있다가 병실로 옮겨졌다. 수술 경과가 좋다는 말을 들은 그는 밤에 텔레비전도 보고, 집에 전화를 걸어 가정부와 통화를 하기도 했다. 그런데 그 통화가 이 세상에서 그가 마지막으로 한 전화 통화가 될 줄은 아무도 몰랐다.

1987년 2월 22일 새벽, 간호사가 그를 발견했을 때는 이미 그의 얼굴이 파랗게 변해 있었다. 간호사가 그를 제대로 지켜보지 않아 늦게 발견한 것이다. 의사와 간호사가 달라붙어 한 시간이 넘도록 그를 살리려고 온갖 방법을 다 썼지만 소용없었다. 병원 측은 1987년 2월 22일 오전 6시 31분에 워홀이 사망했다고 발표했다.

워홀의 사망 소식은 곧 친구들과 세상에 알려졌다. 《뉴욕 데일리 뉴스》는 〈팝아트의 왕 서거〉라는 제목으로 워홀의 사망 소식을 전했다. 워홀의 두 형인 폴과 존은 시신을 피츠버그에 안치하기로 했다.

그의 장례식은 1987년 2월 26일에 비잔틴 가톨릭 교회에서 거행되었다. 장례식에는 약 90명이 참석했는데, 대부분 친척이거나 그와 함께 일한 사람들이었다. 그 후 4월 1일 맨해튼 중심가에 있는 세인트 패트릭 대성당에서 거행된 워홀의 추모 미사에는 2,000명이 넘는 사람들이 참석했다. 팝아트의 수장 자리에 앉아 있던 슈퍼스타 워홀은 이렇게 갑자기 세상에서 사라졌다. 그의 나이 쉰아홉 살이었다.

단돈 200달러를 가지고 피츠버그에서 뉴욕으로 왔던 워홀은 38년 만에 어마어마한 재산을 남기고 세상을 떠났다. 그가 비즈니스 예술가임을 확실하게 증명하는 대목이 아닐 수 없다.

워홀은 사망하기 5년 전인 1982년 3월 11일에 로니 커트론을 증인으로 유서를 작성해두었다. 유서의 집행인으로 정한 프레드 휴즈에게 25만 달러를 남겼고, 두 형에게도 25만 달러씩 주도록 했다. 그리고 부동산은 그가 휴즈에게 설립하라고 한 '앤디 워홀 시각예술재단'에 기증하도록 했다.

휴즈는 워홀의 유언대로 1987년에 '앤디 워홀 시각예술재단'을 설립했고, 지금까지 혁신적인 예술 프로젝트를 지원하고 있다. 잡지 《뉴욕》의 추산에 따르면, 워홀의 부동산은 7,500만 달러에서 1억 달러 정도라고 한다. 개인 예술가가 재단에 기증한 것으로는 아주 큰 금액이었다.

워홀이 사망한 지 8년 뒤에 개관된 앤디 워홀 미술관은 40여 년에 걸친 워홀의 행보를 고스란히 보여주고 있다. 이곳에는 8,000여 점에 달하는 유화, 드로잉, 인쇄물, 영화, 사진, 조형작품, 설치예술을 비롯해 쿠키 통 같은 개인 소장품도 전시되어 있다.

그리고 워홀이 자신의 해프닝 예술에 참여시켰던 '벨벳 언더그라운드' 밴드는 1990년에 워홀을 기리는 헌정 앨범을 제작했다. 제목이 〈드렐라를 위한 노래〉였다. 드렐라는 그들이 지은 워홀의 별명으로, '드라큘라'와 '신데렐라'의 합성어였다. 평소엔 한량처럼 편하게 대하다가도 작업할 때만큼은 그 누구보다도 까다로웠던 워홀의 특징을 알 수 있게 하는 별명이다.

앤디 워홀은 상업미술가와 순수미술가로 모두 성공해 이름을 떨쳤으며, 기존의 사고방식을 깨뜨리면서 끊임없이 새로운 것을 창조하려고 노력한 예술가였다. 자신이 살고 있는 자본주의 시대에 걸맞게 예술과 비즈니스를 적극적으로 결합했던 그는 수많은 작품과 일화를 남긴 채 이렇게 영원한 세계로 떠났다.

앤디 워홀의 가장 위대한 조력자, 어머니의 힘

현재의 눈으로 보아도 대단한 어머니

거장의 삶 속을 들여다보는 일은 언제나 가슴 설레는 일입니다. 그 가슴 설레는 과정에서 우리는 그들에게서 어떤 공통점을 발견하곤 합니다. 그것은 바로 끝없는 열정과 에너지입니다. 아마 그 때문이겠지요. 그들의 삶이 뜨거울 수밖에 없는 이유 말입니다.

열정과 에너지 외에 거장의 삶 속에서 발견하게 되는 또 다른 특별한 교집합이 있습니다. 자신의 재능을 발견하고 펼칠 수 있도록 도와주는 조력자가 있다는 사실이 바로 그것입니다. 앤디 워홀 역시 인생에서 많은 조력자를 만났지만, 가장 위대한 조력자는 어머니가 아닐까 생각합니다.

워홀의 어머니는 자녀교육 방식을 제대로 아는 사람이었습니다. 가장 인상적이었던 것은, 사진에 관심이 많던 워홀이 아홉 살 때 카메라를 사달라고 조르자 어머니는 어려운 환경에도 불구하고 선뜻 카메라를 사주었다는 사실입니다. 또 워홀이 찍은 사진을 스스로 직접 현상해볼 수 있도록 지하실에 임시 암실까지 만들어주었습니다.

21세기 엄마도 아니고 1930년대 엄마가 이런 생각을 했다니, 시대를 앞서가는 워홀의 DNA가 어머니에게서 비롯된 것은 아닐까 하는 생각을 잠시 해보기도 했습니다.

어머니에게 미래를 보는 초능력이 있었던 것은 아닐 텐데, 마치 워홀이 팝아트라는 새로운 예술 세계의 대가가 될 것을 미리 알고 있었던 것처럼 보입니다. 결과적으로 창의력이 가장 큰 재산이 되는 예술계에서 워홀은 새로운 물결을 일으키는 주인공이 되었고, 그의 성장기를 지배하던 어머니의 그 체험적 교육방식이 놀랍기만 합니다. 사실 21세기인 지금도 아홉 살짜리 아이가 사진을 좋아한다고 해서 집에 암실을 만들어주고 사진 현상을 체험하게 해줄 수 있는 부모가 몇이나 되겠습니까?

어머니의 사랑을 통해 공감과 배려를 배우다

워홀의 어머니가 어떤 체계적인 조기교육 프로그램을 만들어놓고 거기에 맞게 실행한 것도 아닌데, 워홀은 정말 유년기에 할 것을 제대로 했습니다. 돈이 있거나, 사회적 지위가 있거나, 많이 배운 부모였다면 굳이 놀라워할 필요가 없을지도 모르겠습니다.

하지만 워홀의 경우 그 세 가지에 다 해당하지 않는 가난한 이민 노동자 가정에서 자랐습니다. 그러면서 그에게 잠재

되어 있던 예술적 감성을 키워주는 교육을 받았다는 것이 놀랍기만 합니다. 위홀이 이렇듯 역사에 남는 예술가가 된 것은 어머니의 사랑, 그리고 편견 없는 교육방식이 큰 영향을 미친 것이라 할 수 있습니다.

또한 위홀이 어릴 때 신경증을 앓았을 만큼 태생적으로 예민한 기질을 가졌음에도 불구하고, 대부분의 인간관계가 상당히 좋았다는 사실이 인상적이었습니다. 그는 명성을 얻은 이후에도 자신의 작업실에서 일하는 조수들을 함부로 대하지 않았으며, 배려하고 존중하는 태도로 일했습니다.

위홀은 무엇이든 소박한 것보다는 화려한 것을 좋아하는 성품이었지만 사람에 대한 태도에는 소박한 일관성이 있었습니다. 저는 그 또한 어머니 덕이라고 생각합니다. 어머니의 전폭적인 사랑을 받으며 성장한 위홀은 예술가들에게서 흔히 발견되는 자기 자신 이외에는 아무것도 사랑할 줄 모르는 배타적 기질에서 벗어나 타인에 대한 공감과 배려를 배울 수 있었기 때문이라 생각합니다.

어린 시절에 무엇인가 늘 그리고 오리고 찢고 붙이는 창조적 행동을 하며 맛보았던 행복감이 워홀에게 평생 동안 예술 에너지의 원천이 되었고, 그것은 우리에게 많은 것을 생각하게 합니다. 유년기에 경험한 행복감이 한 사람의 인생을 강력하게 움직이는 삶의 동력이 될 수 있다는 것을 알게 되었기 때문입니다.

저 역시 작가이기 전에 두 아이를 키우는 엄마로서 많은 자극을 받았습니다. 아이의 성장에 도움을 주기 위해 이 책을 선택한 어머니 독자들도 저와 같은 마음일 것입니다.

이혜경

1928

8월 6일, 펜실베이니아 피츠버그 맥키스포트에서 삼형제 중 막내로 태어나다. 아버지와 어머니는 체코슬로바키아의 트란스카파티안 지방에서 미국으로 이민을 왔으며, 할 수 있는 일이 막노동뿐이던 아버지는 탄광 지대의 광산에서 광부로 일하다.

1931 ~ 1933
3~5세

서너 살 때부터 손에 연필이나 색연필을 들고 벽과 방바닥을 가리지 않고 자꾸 무엇인가를 그리는 것을 좋아하다. 어머니는 스케치북을 사주며 그림을 그리게 했는데, 대여섯 살부터 주변의 물건들을 제법 비슷하게 그리기 시작하다.

1934
6세

홈스 초등학교에 입학하다. 미술 시간에 종이를 오려 붙이는 것을 비롯해 콜라주를 좋아하다.

1935 ~ 1938
7~10세

그림 그리기 외에도 영화배우들과 만화를 좋아하다. 어머니는 필름 프로젝터까지 사주어 단편 영화와 만화들을 보게 하다. 아홉 살 때는 처음으로 카메라를 사주어 사진을 찍게 했으며, 집 지하실에 만든 임시 암실에서 직접 필름을 현상할 수 있게 하다.
여덟 살에서 열 살까지 여름방학이 시작되는 첫날에 류머티즘 무도병이라는 병으로 쓰러지다. 이렇게 3년째 여름방학마다 아파서 침대를 벗어나지 못했으며, 평소에도 몸이 약해 학교에 자주 결석을 하다.

1939 ~ 1941
11~13세

홈스 초등학교 미술 선생님이 토요일 오전마다 '카네기 뮤지엄'에서 열리는 무료 예술교육 과정 참여를 권유해 이를 받아들이다.

1942
14세

홈스 초등학교를 졸업하고 스켄리 고등학교로 진학하다. 카네기 공과대학(지금의 카네기 멜론 대학)에서도 미술을 가르치던 조지프 피츠페트릭의 미술 지도를 받다.
아버지가 결핵성 복막염으로 돌아가시고 큰형이 가족의 생계를 책임지게 되다.

1944 16세	어머니가 암 수술을 받고 건강을 되찾다.

1945 17세	스켄리 고등학교를 졸업하다. 피츠버그 대학에서 미술교육을 전공하려 했다가 마음을 바꾸고, 광고 일러스트레이터가 되기 위해 카네기 공과대학에 입학하다.

1945 ~ 1948 17~20세	훗날 대표적인 사실주의 화가로 이름을 날리는 필립 펄스타인을 만나 우정을 나누다. 대학 재학 중에 돈을 벌면서 공부하기 위해 조지프 혼 백화점에서 아르바이트로 일하고, 이렌 카우프만 복지관에서 아이들에게 미술을 가르치다.	

1949 ~ 1951 21~23세	대학에서 예술학사 학위를 받은 후 펄스타인과 함께 뉴욕으로 가다. 뉴욕에서 프리랜서로 일한 첫 번째 작업은 《글래머》지의 〈성공은 뉴욕에서 이루어진다〉는 에세이에 들어갈 삽화였으며, 그 후 많은 사람들에게 호평을 받음으로써 뉴욕의 상업미술 책임자들은 워홀을 주시하다. 뉴욕에서의 활동을 시작하며 '워홀라'에서 '워홀'로 성을 바꾸다. 잡지 일러스트 외에도 컬럼비아 레코드 앨범 표지, 크리스마스 카드, 책 표지, 소규모 캠페인 광고, 쇼윈도 디스플레이 문구 등 상업적인 디자인 작업들을 주로 맡아 하다.

1951 23세	훗날 워홀의 영화에 출연하는 루퍼스 콜린스, 탤리 브라운 등이 극장 리빙 시어터를 개관하다. 이곳에서 조너스 매커스의 영화 〈브리그〉를 보고 자극을 받은 후에 단일 사운드트랙 시스템을 갖추고, 더 긴 장면들을 촬영할 수 있는 고기능 카메라를 구입해 사용하기 시작하다.

1952
24세

CBS라디오 프로그램 측에서 마약과 범죄 예방을 주제로 포스터를 의뢰해오다. 이 디자인 작업으로 아트 디렉터 클럽에서 주는 상을 수상하다.

6월 16일~7월 3일, 뉴욕의 휴고 화랑에서 첫 번째 개인전(《앤디 워홀 : 트루먼 커포티에 기반을 둔 열다섯 개의 드로잉》)을 열다. 커포티의 소설에 감동한 것을 계기로 준비한 전시회였기에 커포티를 전시회에 초대했으나 그는 끝내 참석하지 않다.

1954
26세

로프트 화랑에서 두 번째 개인전을 가지다.

1955
27세

랠프 포머로이가 글을 쓰고 워홀이 구두 일러스트를 그린 《잃어버린 구두를 찾아서》를 출판하다.

워홀이 디자인한 아이 밀러사의 구두 광고가 《뉴욕타임스》에 실리다. 500만 명이 보는 잡지 《라이프》에 워홀의 드로잉에 대해 소개하는 글이 실리면서 더욱 유명해지다.

1956
28세

2월 14일~3월 3일, 보들리 화랑에서 〈어린이 책을 위한 앤디 워홀의 드로잉〉이라는 개인전을 가지다.

4월, 그룹전인 〈미국 최근 드로잉〉전에 참가해 뉴욕 현대미술관(모마)에 자신의 작품이 전시되는 기쁨을 맛보다.

6월 16일~8월 12일, 친구 찰스 리산비와 함께 세계 여행을 하다.

아이 밀러사의 구두 광고 디자인으로 상업미술가 클럽에서 주는 상을 받다. 상업미술가로 이름을 날리면서 순수미술에 대한 열망을 더욱 품게 되고, 세계 여행을 하는 동안 그 꿈이 더욱 분명해지다.

12월, 보들리 화랑에서 다시 개인전을 가지다.

1957
29세

상업미술계의 권위 있는 상으로 알려진 아트 디렉터 클럽으로부터 메달을 수상하다.

1960
32세

상업적 드로잉을 그만두고 순수미술가가 되기로 결심하다. 추상표현주의에 도전하며 이름을 얻고 있던 재스퍼 존스와 로버트 라우센버그에게 자극을 받으며 순수미술가가 되겠다는 목표를 더욱 확고하게 세우다.
광고와 만화를 소재로 그림을 그리기 시작하고 코카콜라 병을 주제로 한 그림 두 점을 처음 그리다. 카스텔리 화랑에서 일하던 이반 칼에게 자신의 그림을 보여주고 카스텔리에게도 그림을 보여주었으나, 리히텐슈타인과의 계약 때문에 자신의 그림을 전시하지 못한다는 말을 듣다.

1961
33세

캠벨 수프 통조림을 그리기 시작하다.
1961년 말경, 예술품 중개상인 앨런 스턴이 화실을 찾아와 수프 통조림 그림을 보고 한눈에 반하다.
로스앤젤레스의 중개상인 어빙 블럼이 워홀의 그림을 보고 로스앤젤레스에 있는 페러스 화랑에서 첫 개인전을 열자고 제안하다.

1962
34세

5월 11일, 《타임》지의 〈케이크 한 조각 스쿨〉이라는 제목의 기사에 워홀에 대한 기사와 사진이 실리다.
할리우드 스타를 주제로 실크스크린 방법으로 작품을 만들다.
6월, 재난 시리즈의 시작으로 볼 수 있는 〈129명 사망〉을 그리다.
7월 9일~8월 4일, 로스앤젤레스 페러스 화랑에서 캠벨 수프 통조림 32점을 전시하다. 블럼이 32점을 모두 1,000달러에 사기로 하고 그 후 이 돈을 10개월에 나누어 주다.
8월, 뉴욕의 제니스 화랑에서 열린 〈새로운 리얼리스트〉라는 팝아트 전시회에 초대되어 2달러짜리 지폐 그림을 출품하다. 제니스 화랑에서의 전시 후 미술계의 유명 인사가 되다.

1963

35세

렉싱턴 근처 이스트 87번가에 있는 2층 벽돌 건물을 세내어 작업실로 만들다.
재난 시리즈 〈자살〉을 그리다. 〈시각적 차 사고〉, 〈오렌지색 5명의 죽음〉, 〈라벤더빛 재난(전기의자)〉, 〈붉은빛의 인종 폭동〉, 〈푸른빛 전기의자〉, 〈13명의 지명 수배자〉 등으로 이어진 재난 시리즈는 1965년의 〈원자폭탄〉까지 계속되다.
첫 번째 영화 〈잠〉을 만들다. 절친하게 지내던 시인 존 조르노가 알몸으로 자는 모습을 그대로 찍은 6시간짜리 영화로, 이 영화는 다음해인 1964년 1월 17일~20일에 그래머시 아트 극장에서 상영되어 평론가들과 많은 사람들을 놀라게 하다.
워홀이 초기에 만든 영화는 〈잠〉에 이어 여러 사람들의 키스 장면을 모은 〈키스〉, 한 남자가 머리를 자르는 과정은 담은 30분짜리 〈머리 깎기〉, 팝 미술가인 로버트 인디애나가 버섯을 먹는 모습을 찍은 〈먹기〉 등이 있다.

1964

36세

맨해튼 남쪽 이스트 47번가의 건물로 작업실을 옮기고, 이 작업실을 '팩토리'(공장)라고 이름 짓다. 이곳에서 캠벨 수프 깡통만큼이나 알려진 브릴로 박스 조형물, 재키 초상화와 꽃 그림들, 광고와 언론 매체 세계에서 가져온 이미지들의 연작을 만들다.
4월 21일~5월 9일, 일레노 와드의 스테이블 화랑에서 두 번째 전시회가 열려 400개나 되는 브릴로 상자가 전시되다.
11월, 카스텔리 화랑에서 개인전이 열리다. 〈꽃〉 시리즈를 전시하다. 작품이 전부 팔리는 대성공을 거두다.
영화 장르 중에서 가장 걸작인 〈엠파이어〉가 제작되다. 엠파이어스테이트 빌딩이 한눈에 보이는 록펠러 센터의 한 창문에서 찍었으며 상영시간이 8시간 조금 넘다.
영화 네 편을 뉴욕 필름 페스티벌에 출품하다.

1965

37세

3월, 시청 극장에서 〈엠파이어〉가 상영되어 좋은 평을 받다.
10월, 필라델피아 펜실베이니아 대학교 캠퍼스의 현대미술관에서 열린 첫 번째 미국 회고전에 몰려온 사람들이 록 콘서트장에서처럼 열광하는 바람에 에디 시즈윅과 함께 천장을 뚫고 탈출하다.

<table>
<tr><td>

**1966
~
1967**
38~39세

</td><td>

카스텔리 화랑에서 황소 벽지 그림과 〈은빛 구름〉을 전시하다.
흑백과 컬러를 섞어 편집한 영화 〈첼시의 소녀들〉이 제작되다. 뉴욕의 언더그라운드 문화를 그대로 보여준 이 영화는 큰 성공을 거두다.

</td></tr>
<tr><td>

1968
40세

</td><td>

스톡홀름의 현대미술관에서 개인전을 갖다.
'팩토리'를 미국 공산당 본부가 입주해 있던 유니언 스퀘어의 건물로 옮기다. 이때부터 팩토리라는 말을 사용하지 않고 작업실보다는 사무실 같은 분위기를 연출하다.
6월 3일, 솔라니스라는 여성에게 총격을 당하다. 심한 부상을 입고 7월 28일까지 병원에 입원하다.

</td></tr>
<tr><td>

1969
41세

</td><td>

8월, 존 월콕의 제안으로 《인터뷰》라는 잡지를 발간하다. 잡지를 통해 새롭고 창조적인 사람들과 소통하며 활기를 얻다.

</td></tr>
<tr><td>

**1969
~
1972**
41~44세

</td><td>

예술가 친구들과 화랑 주인들의 초상화를 주문받아 제작하다. 주문 초상화는 그가 죽을 때까지 계속 제작되는데, 연예계 스타뿐 아니라 다른 분야의 유명 인사들, 부유한 사람들 등의 초상화를 그려주다.

</td></tr>
</table>

<table>
<tr><td>

1972
44세

</td><td>

무시무시한 초록 얼굴을 한 리처드 닉슨 대통령이 등장하는 포스터를 제작하다. 포스터 판매 수익을 민주당에 기부한 결과로 국세청의 보복성 감사를 받다.
1970년대에도 영화를 계속 만들었으나, 갑자기 회화로 돌아와 〈마오〉 초상화 시리즈를 제작하다.
어머니가 사망했지만 아버지 때처럼 장례식에 참석하지 않다.

</td><td>

</td></tr>
</table>

History

1976
47세

《앤디 워홀의 철학 : 팝아트의 거장이 쓴 자전적 에세이》를 출간하다.

1975
48세

조합 사람들과 함께 뉴욕에서 35밀리미터 필름으로 〈앤디 워홀의 배드〉를 촬영하다. 출연진은 앤디 워홀과 친한 스타들로 구성되었고, 영화는 좋은 평가를 받다. 〈망치와 낫〉 시리즈를 제작하기 시작하다.

1977
49세

카스텔리 화랑에 〈망치와 낫〉을 전시하고, 이 그림이 팔린 상태에서 나중에 파리의 다니엘 템플론 화랑에 다시 전시하다.

1980
52세

다양한 비디오 작품을 만들었으며, 《파피즘 : 워홀의 60년대》를 출간하다.

1981
53세

맨해튼 도심의 옛 전자제품 공장을 200만 달러에 인수해 작업실을 그곳으로 옮기는 바람에 경제적으로 쪼들리는 상황이 되다.
카스텔리가 기획한 〈달러 사인〉 전시회를 열었으나 작품이 한 점도 팔리지 않다.
〈앤디 워홀 텔레비전〉이라는 케이블 텔레비전 프로그램을 제작해 출연, 이 텔레비전 쇼도 자신이 제작한 영화처럼 시나리오 없이 즉흥적으로 진행하다.

1984
56세

'뭉크'와 '르네상스 그림'을 주제로 한 작품들의 제작을 시작하다.

**1985
~
1987**
57~59세

드라마 〈사랑의 유람선〉에 카메오로 출연하다.
〈앤디 워홀의 15분〉이라는 텔레비전 프로그램을 제작해 방송하다.

1987
59세

2월 21일에 담낭 제거 수술을 받은 뒤 2월 22일, 사망하다.

엮은이 이혜경

작가. 중앙대학교 문예창작학과를 졸업하고 ≪동아일보≫ 신춘문예 소설부문을 통해 등단했다.
어린이 · 청소년 책을 많이 써오고 있으며 미술 분야에 관심을 갖고 꾸준히 공부해왔다.
이 책에서는 원저작물의 어려운 부분을 롤모델 시리즈 독자의 눈높이에 맞게 친절하게 풀어 엮
는 역할을 맡았다.

옮긴이 박선령

세종대학교 영어영문학과를 졸업하고 MBC방송문화원 영상번역과정을 수료하였다.
현재 번역에이전시 엔터스코리아에서 출판기획 및 전문번역가로 활동하고 있다.
옮긴 책으로는 ≪위대한 작가들의 은밀한 사생활≫, ≪설득의 비밀≫, ≪아빠와 함께 저녁 프로
젝트≫, ≪영감으로 이끄는 리더경영≫, ≪키싱스쿨≫ 외 다수가 있다.

사진제공
게티이미지 : 표지 ｜ 토픽이미지스 : 135, 159쪽

롤모델 시리즈 06
앤디 워홀 이야기

개정판 1쇄 발행 2016년   1월 30일
　　　6쇄 발행 2022년 11월 15일

지은이 아서 단토
옮긴이 박선령
엮은이 이혜경

발행인 주정관
발행처 움직이는서재
출판등록 제2015-000081호

주소 서울특별시 마포구 양화로 7길 6-16 서교제일빌딩 201호
주문 및 문의 전화 (02)332-5281 ｜ 팩스 (02)332-5283

ISBN 979-11-86592-24-3   03840

책값은 뒤표지에 있습니다. 파본은 바꾸어 드립니다.